北岳诗库

孔令剑

— 主编 —

亚欧大陆地史诗

CAO SHUI
WORKS

曹谁 ———————— 著

图书在版编目（CIP）数据

亚欧大陆地史诗 / 曹谁. —太原：北岳文艺出版社，2018.1
ISBN 978-7-5378-5499-3

Ⅰ．①亚… Ⅱ．①曹… Ⅲ．①史诗－中国－当代 Ⅳ．① I227.3

中国版本图书馆 CIP 数据核字（2017）第 316805 号

书　　名：亚欧大陆地史诗
著　　者：曹　谁
策　　划：续小强
责任编辑：李建华
书籍设计：张永文
责任印制：巩　璠

出版发行：山西出版传媒集团·北岳文艺出版社
地　　址：山西省太原市并州南路 57 号
邮　　编：030012
电　　话：0351-5628696（发行部）
　　　　　0351-5628688（总编室）
　　　　　0351-5628692（综合项目部）
传　　真：0351-5628680
网　　址：http://www.bywy.com
E‑mail：bywycbs@163.com
经 销 商：新华书店
印刷装订：山西万佳印业有限公司

开　　本：890mm×1240mm　1/32
字　　数：146 千字
印　　张：7.5
版　　次：2018 年 1 月第 1 版
印　　次：2021 年 1 月山西第 2 次印刷
书　　号：ISBN 978-7-5378-5499-3
定　　价：39.00 元

本书版权为本社独家所有，未经本社同意不得转载、摘编或复制

策划人语

"诗歌出版"是北岳文艺出版社的重要传统。前有"黑皮诗丛",后有"天星诗库",皆为中国当代诗歌杰出诗人之重要出发地。更有"外国名诗珍藏",如今依然为广大诗歌爱好者所珍赏。

"北岳诗库"赓续如此光荣传统,其目光聚焦山西诗歌这一繁盛沃土,其旨在于不间断展示山西诗歌创作实绩,更瞩望为山西诗人造一清静小园。

"北岳诗库",是我们探求共建共享出版模式的开端。大风吹宇宙,红日照高山。祈愿"北岳诗库",如恒山一般,巍然耸立。

续小强

2018年2月2日

向没有远方的远方出发

◎霍俊明

我们的诗人在经历过频繁转换的80年代、90年代和新世纪的时候,是否内心深处发生了不可避免的变化甚至剧烈转捩?时代给诗人的写作带来了什么不一样的质素?而时代转换,时我们的诗人是否有足够的心理和强大的诗行来面对?时代转换确实有些像是从深夜向凌晨的悄悄过渡,更多的人并未觉察到二者之间正在发生的本质性的变化,更多的时候我们学会关掉手机和闹钟,在各种梦语和自我蒙蔽中来面对时代的变化和自我减损。然而诗人却恰恰就是那个在午夜和凌晨的转折点上,翻开时间指针背后表盘的那个修检员,就是那个精神的游荡者和不安灵魂的寻溯者。由此,在时代匆促转换而人们都不去看"远方"的时候,诗人该如何面对日益含混的世界以及内心?这是我在阅读完曹谁诗歌之后提出的一系列问题,因为很少有写作者能够面对这个问题,而曹谁是一个例外。

读完曹谁的诗歌之后不久,我再次踏上了西部高原,我承认这是一次难得的机缘。那时,高原的落日并未落尽。在拉脊山4800米海拔的高度，我缺氧的内心也得以领受了一个诗人的磅礴激情、写作雄心以及精神远游。而此时，远处的牦牛正在不紧不慢地吃草，落日即将吞进白天的最后一丝光线。黑夜这一伟大的元素性存在正在降临，我在此时想起曹谁的诗。

在当代中国谈论"现代史诗"以及相关的写作精神多少是一件吊诡的事情，甚至这会被很多人认为是"不靠谱"的事。而我更认可"大诗"这一写作概念和抒写向度，因为"史诗"绝对不会在每一个时代都发生。值得注意的一个现象倒是当下写作长诗几乎已经成了一个潮流，这尤其在当年的那些"第三代"诗人那里有着相当明显的呈现。而我们会意识到在一个生活、阅读、写作和精神都不断被"同质化"的今天，诗人之间的区别度正在空前可怕地缩减。换言之，平淡乏味的时代同时挤压出每一个诗人的"小"来。我认为当下的中国就是适合写作"小诗"的时代，因为这个时代诗人的精神被集体碾平了。而曹谁却是一个"异数"，他向一个没有远方的远方出发，他在一个拒绝"大诗"的时代写作"大诗"。这是一个在巴别塔尖倾心于伟大元素，目光深瞩于亚欧大陆地带的歌者。我相信曹谁一直试图在接续一个伟大的传统，从中西方的史诗到诗人海子在当代的短暂努力。我不知道曹谁是否已经做好了准备？因为当年的海子在写出系列长诗后无论生前还是死后都是应者无几，诗坛一片沉默。甚至更为可怕的在于这种沉默一直持续到了今天。在当下的时代不仅写作这种"大诗"存在着难以想象的难度，而且在诗歌传播和接受生态上来考量已经很少有读者具备足够的知识、情怀和耐心来读这样庞大的诗歌。曹谁的诗歌以及他多年来所倡导的"大诗"或者"第三史诗"(按照曹谁的说法第三史诗或者大诗是在原始史诗和文人史诗后、在没有神性故事和华美韵律的自由诗时代的史诗,其特征是"内在冥想以构造世界形态、外在抒情以维系诗歌本质")则像他身后的高原一样使得他有着迥别于他人的精神气象和诗歌版图。曹谁的诗歌我一直都想说说我的观感,但是面对着一个有着庞大的写作版图(专注于亚欧大陆地的抒情和史诗性抒写)和精神远方的写作者(比如他所构筑的"大诗主义"),我则怕难以找到合适的路径进入。而在我看来曹谁带有当下中国诗人少有的传统性和异质性。而这种两种质素的结合在当代青年诗人那里几乎不存在。各种声称叛逆、先锋的声音倒是一直不绝于耳,而像曹谁那样同时具备了回溯和前瞻能力的写作者确实显得弥足珍贵。曹谁诗歌精神的传统性更多的时候体现为一个个体经验和想象层面的。换言之,如果一个诗人以已经被消耗一空的符号和空洞无物的隐喻来抒写所谓的传统和惯性的依稀遗留,那么这样的诗歌话语方式无疑是极其可怕的。而这也只能是企图僵尸复活一样的痴人说梦。而在曹谁这里,我所说的诗歌精神的传统性的一个基本的基调和动因就是对当下中国生活和精神状态盲目的现代性集体冲动的反拨与矫正。我们应该放眼看看当下的时代,经济的时代图腾确实在很多方面带动了我们的步伐和某种憧憬,但是可怕的也在于我们同样目睹了一些伟大的精神和元素性事物的被迫取消和彻底地宣告结束。

基于以上观感,我得出一个可怕的结论——这是一个没有"远方"的时代,而曹谁却朝着那个自己心中所憧憬的"远方"前行。

时代加速向前，精神加速向后，正是在这种不停地撕扯中诗人所呈现的就必然是残酷的现实和不断被强行拉远的"过去时"。而诗人所能做到的就是"减法"般的工作，不断去除事物和现象的枝蔓，不断呈现事物本来的面目，尽管最终可能只是面目全非的事实。而在一个被不断拆毁的时代，曹谁是一个倾心于精神和元素重建的诗人。他对于废墟和茂盛荒草的发现与抒写则呈现了杜甫式的绝望与凄然，"国破山河在，城春草木深"。而在一个"去地方化"的时代，我们已经很难通过地理空间和文化区域来发现具有"方言"归属感的写作。

值得注意和提醒曹谁的是"大诗"或"第三史诗"的写作肯定有其不可替代的重要意义，因为这种类型的写作调性在当下甚至当代成了稀缺之物。而我想追问的是，这种"大诗"现在是否还具备民族性和本土性的阅读共识？因为当年海子、骆一禾、昌耀等人的"大诗"写作至今来看应者聊聊。而包括曹谁体现在《亚欧大陆地史诗》中的这样的"大诗"写作不能避免的就是文化的地理空间以及元素性。而元素性写作如果只是凭借一般意义上的"抒情"和宏大的结构来构架的话显然会遇到浮泛和空洞性的危险。通过阅读曹谁的诗我们能够看出他对这种危险性的尽量规避。但是有一点值得注意，一般意义上的宏大性的历史叙事往往会消泯掉诗歌的温度、情怀以及语言的质感，因为在不自觉中就会出现那些被消耗无数次的庞大的词语和意象以及象征体系。而曹谁的诗歌特有的抒情调性以及具有强烈的个人想象能力和创造力的诗歌话语谱系显然是有别样的温度和生命延宕臂力的，他在"大诗主义"中所提出的用"内在冥想以构造世界形态、外在抒情以维系诗歌本质"应该是基于此。

由曹谁这样青年写作者的诗歌,我越来越留意到诗歌写作中的"个人性"问题。每个人在自由和开放表达个体情感的同时,一部分诗歌也因为过于窄促的阅读空间而丧失了倾听者。也许我们仍然可以在精英立场上强调诗歌是献给无限少数人的事业,但是好的诗歌与重要的诗歌、伟大的诗歌之间的区别是显而易见的。提请诗人们注意的就是应该在个人与周边事物甚至更为广阔的与现实和命运紧密相连的历史感受力中综合性地呈现诗歌的成色。诗是个人的,但又不止是个人的。而曹谁则在个人和历史以及现实之间找到了一个最合适的接榫点。也就是说曹谁的诗歌能够让我们感受到个体的体温和内心漩涡的波澜翻卷,与此同时我们又能够在他大量的诗歌写作的空间和时间的结构上不断与历史性和现实状态的事物发生对话甚至摩擦。而更为重要的还在于曹谁的诗歌具有当下比较罕见的召唤结构。这种召唤结构的重要性在于它能够让我们重新面对曾经伟大但是却已经被我们集体性遗忘的事物和情怀。所以,当曹谁在2008年辞职远游的时候,当他一个人背负着心灵的热望勇猛而孤独地在西藏和新疆等地用数月时间不断行走的时候,我能够感受到一颗寻找人类曾经用伟大元素构筑的伟大国度的个人梦想以及对一个已经没有远方时代的再次出发与寻找。也许,这注定带有了悲剧色彩和失败者的宿命,因为这已经不是李白杜甫的时代。李白一生数次翻越秦岭,杜甫更是一生漂泊动荡,而这种与"远方"相关的行走诗学在今天是不可想象的。但是一旦当这种精神作为资源和想象力的依托转化为诗歌话语的时候,其诗歌的特异性就不能不是显豁而独存的了。

我坚持认为经历了中国先锋诗歌集体的理想主义"出走"和"交游"之后，诗人的"远方"（理想和精神的远方）情结和抒写已经在1990年代彻底宣告终结。尤其是在当下的去除"地方性"的时代，我们已经没有"远方"。坐着飞机、汽车、轮船，我们只是从一个点搬运到另一个点。一切都是在重复，一切地方和相应的记忆都已经模糊不清。一切都在迅速改变，一切都快烟消云散了。需要提及的是，我刚才说到的诗歌中的"远方"还必然指向了历史烟云深处。我们可以注意到在伦理化的底层和民生抒写热潮中，诗人普遍丧失了个人化的历史想象能力。换言之，他们让我们看到了新闻一样的社会现场的一层浮土，让我们看不到任何真正关涉历史和情怀以及生存的体温。而更需要思忖的是为什么近年来本土诗人将视野都投在了青海、西藏和新疆的这些远方？因此带来的诗歌的"远方"与当年的"远方"是一样吗？"远方"是否又被旅游观光手册式的写作所消费和消弭？而曹谁却是追寻这种远方和瞩目于亚欧大陆（在他看来亚欧大陆曾经是人类曾经的共同家园，从巴比伦向西到犹太、埃及、希腊，向东到波斯、印度、中国）的"少数者"。而这种"少数者的梦想"就是记忆的力量、诗歌的力量。巴什拉尔说"哪里有烛火，哪里就有回忆"，而对于这些民族诗人而言，哪里有火焰，哪里就有词语。而词语与火焰不论是淬炼再生的关系还是焦灼拆解的关系，都不能不让一个现代诗人反复思考、盘诘和追问。斯蒂芬·欧文在《追忆》中说，在诗歌中回忆具有根据个人的追忆动机来建构过去的力量，它能够摆脱我们所继承的经验世界的强制干扰。确实，回忆的"链锁"把此时的过去同彼时的、更遥远的过去连接在一起，有时链条也向幻想的将来伸展，那时将有回忆者记起我们此时正在回忆过去。通过回忆我们自己也成了回忆的对象。这种立足于现场、反观过往、遥视未来的记忆的能力体现在像曹谁这样一些"少数者"不同时期的一系列诗作之中。

既然说到远方和亚欧大陆地，那么就不能不谈论这种精神地理与曹谁的个体精神和写作之间挣脱不开的关联。而在这广袤、安寂的高原、土地和那些元素性的事物上，在诗人心灵之上的是永恒的夜幕中静静闪烁的星群。在渺小与伟大、短暂与永恒、人性与神性、狭仄与高远中，除了仰望灿烂的星群，倾听那来自一个个曾经多灾多难而又无比冷寒且神奇的大地与山川草木的声响，还能有什么值得诗人反复吟哦？可以说在曹谁的诗歌中，这些想象中的"远方"景观是在多样繁复的个人情感和地域文化以及更为遥远和庞杂的历史谱系中同时展开的。而与这些相关的地域已经超越了一般意义上的地理名词所涵盖的意义，它们在此刻已经幻化成一种令人心生敬畏的伟大的居所。而这对于长期生活在现代化漩涡中的人来说都无异于是一种梦想中的令人难以置信的绚烂多彩的童话般的景象。这些景象是那么直接又那么不容置疑地在顷刻间就攫住了人们的灵魂。在诗人的发现性和创设性的审美视阈中我们自以为熟悉的地方性知识和历史中无处不在的亡灵却给我们带来了如此多的新奇和陌生。更为重要的是这些能够吟诵和飞升起来的诗歌在顷刻间让我们回归到人类的本初体验和情怀。任何个体在此刻都会情不自禁地返回到人类最初的生存景象和永远的甚至忧伤的"怀乡"的冲动之中。因为此刻神、人、自然、文化、历史、民族相圆融的伟大力量已经降临并氤氲开来。诗人内心深处的渴念、敬畏、孤独、安宁、遥想都是与草原、戈壁、雪山、大海、山寨、冬夜、星空、旷野以及更为高迥的元素性事物在瞬间的契合。曹谁不断在生存场景和地理学场域中设置大量的精神积淀层面的戏剧性、寓言性、想象性、吟述性和歌咏性的场景。这成为诗人们连接历史与现实,民族与时代的一个背景或一个个窄仄而昏暗的通道。这也更为有力地揭示了最为尴尬、疼痛也最容易被忽视的历史和现实层层褶皱深埋的真实内里。实际上这些经过语言之根、文化之思、想象之力和命运之痛所一起"虚拟""再生"的景象,实则比现实中的那些景观原型更具有了持久的、震撼的、真实的力量和可以不断拓殖的创造性空间。更为重要的是曹谁的诗歌一贯呈现出来的"个人化的历史想象力"。"个人化的历史想象力"是一种在时代和写作中的并非解决问题而是扩大和加深问题的手段,是自觉延宕真实指认的"极限悖谬",是到达历史真实、个人真实和虚构真实的有力和有效的途径。这种想象力显然是将历史个人化、家族化、真实化,不断用真实的巨流冲刷惯性知识虚幻的尘埃或宏大历史叙事虚假的色彩,还原出与生命、生存更为直接的历史记忆与生命体验。而全球化和城市化正是以取消地区特征、文化区域和地理景观甚至个体思想方式的"地方性"差异为前提和代价的,这就凸显出曹谁诗歌的意义。

尽管曹谁的诗歌有时候因为明确和明显的主观意图和"大诗"构架而在一定程度上使得诗歌的肌质、语言方式受到了些许影响,但是平心而论,我想对于任何读者而言,在这个时代所稀缺的是在阅读中完成一次陌生化的而又神圣的无以言说的朝圣之旅。俗世的情怀在一首首关涉人本初性的源头、自然的伟大、宗教的玄秘、静穆的神性、人文的力量、文化的根系的再次出发中获得救赎。曹谁作为一个"少数者"的发声方式以及对于没有远方的远方的寻找和发现,印证了这样一句话——只有少数者中的少数者才能完成高迥的升阶之书。

(霍俊明,河北丰润人,工作于中国作协创研部,著名诗歌评论家和诗人。著有《尴尬的一代》《变动、修辞与想象》《无能的右手》《新世纪诗歌精神考察》《从"广场"到"地方"》《萤火时代的闪电》《"70后"批评家文丛·霍俊明卷》《陌生人的悬崖》等评论集。主持"中国好诗"第一、二、三季的组稿编辑工作,主编历年的《天天诗历》。)

目 录

大序曲1：唯一的无影人的过去现在未来　/ 1
大序曲2：开始或结束在隐秘的圣杯　/ 4
大序曲3：从水到第一陆地　/ 7
黑洞和白洞之间的"测不准"宇宙：
　元素之歌（二十双阴阳歌）　/ 11
　野马阴阳歌　/ 11
　　火龙驹　/ 11
　　宰马场　/ 12
　银豹阴阳歌　/ 13
　　银豹（阴）　/ 13
　　银豹（阳）　/ 13
　雄狮阴阳歌　/ 15
　　孤独的狮王　/ 15
　　沉默的狮王　/ 16
　巨龙阴阳歌　/ 17
　　牧龙歌　/ 17
　　龙涎香　/ 18
　老虎阴阳歌　/ 19
　　虎风　/ 19
　　虎谷　/ 20

大鹰阴阳歌　　／ 21
　　心鹰　／ 21
　　夜鹰　／ 22
蝴蝶阴阳歌　　／ 23
　　牧蝶　／ 23
　　雨蝶　／ 24
鹧鸪阴阳歌　　／ 25
　　鹧鸪（阴）　／ 25
　　鹧鸪（阳）　／ 26
风阴阳歌　　／ 27
　　长风歌　／ 27
　　风纱帐　／ 28
土阴阳歌　　／ 29
　　麦地山岗　／ 29
　　麦地之火　／ 30
火阴阳歌　　／ 31
　　火居　／ 31
　　火影　／ 32
雪阴阳歌　　／ 33
　　大雪　／ 33
　　血雪　／ 34
春阴阳歌　　／ 35
　　大春　／ 35
　　鸩春　／ 36
夏阴阳歌　　／ 37
　　夏安　／ 37

大夏　　／38
　秋阴阳歌　　／39
　　龙马昆仑月　　／39
　　后现代秋谣　　／40
　冬阴阳歌　　／41
　　冬散或死　　／41
　　冬或革命　　／42
　太阳阴阳歌　　／43
　　太阳,请将我唤醒(阳)　　／43
　　太阳,请将我唤醒(阴)　　／44
　独孤谁阴阳歌　　／45
　　独孤谁(阳)　　／45
　　独孤谁(阴)　　／46
　断头台阴阳歌　　／47
　　断头台(阳)　　／47
　　断头台(阴)　　／48
　预言阴阳歌　　／49
　　牛顿不起 洪波涌起(阳)　　／49
　　牛顿不起 洪波涌起(阴)　　／50

亚欧大陆的五种形体　　／51
　亚欧大陆形体一　　／51
　亚欧大陆形体二　　／51
　亚欧大陆形体三　　／52
　亚欧大陆形体四　　／53
　亚欧大陆形体五　　／54

亚细亚序曲:帕米尔之梦——亚欧大陆序曲上　　／55

欧罗巴序曲：地中海之梦——亚欧大陆序曲下　　/ 59
冷弧：世界由此拓扑　/ 64
东方和西方的爱恨情仇：
 九个龙子与九个缪斯的洞房（六十阙）　　/ 70
  大情　/ 70
  大耕（龙耕）　/ 70
  马从两个方向同时赶来　/ 71
  牧羊女仙　/ 72
  沙漠王子（阳）　/ 72
  沙漠王子（阴）　/ 73
  骑士或武侠的破晓歌　/ 74
  杜鹃血歌　/ 74
  夜莺血歌　/ 75
  夜果　/ 75
  白衣女鬼　/ 76
  为什么天空没有星星，如我一样　/ 76
  紫英　/ 77
  马踏飞燕　/ 77
  黑蝴蝶　/ 78
  终日守候河边，等待三匹马的到来　/ 79
  一匹马静伫在山岗　/ 79
  桃花谣　/ 80
  九眼泉　/ 81
  大风歌　/ 81
  雨或天意：唯有你永远大公　/ 82
  春别赋　/ 82

泛火车站　　　/ 83

六一桥　　　/ 84

为什么挡住马的去路的总是雪　　　/ 84

严冬老人和雪姑娘　　　/ 85

蜂房歌　　　/ 86

回不去的故乡或途中　　　/ 86

冬日黄昏寒　　　/ 87

冬夜黑草长　　　/ 87

为什么没有开始就已经结束　　　/ 88

昆仑绝——给昆和仑　　　/ 88

冬毁　　　/ 89

断头台　　　/ 89

大葬　　　/ 90

墟村赋　　　/ 90

秘而不宣的生活　　　/ 91

奇迹　　　/ 92

世界的三岔路口红地毯铺开　　　/ 92

大人生　　　/ 93

爱人们都被关在大树上的笼中　　　/ 93

空酒　　　/ 94

如烟仙子　　　/ 94

幻海情天　　　/ 95

骷髅美人　　　/ 95

裙姬　　　/ 96

夜曲　　　/ 96

情人谷　　　/ 97

宴席　　／ 98

流年　　／ 98

红尘　　／ 99

大爱　　／ 99

大情　　／ 100

两蹄美人羊　　／ 101

双飞世界　　／ 101

鬼雪　　／ 102

绵绵细雨　　／ 103

绝望歌　　／ 103

阴阳燹　　／ 104

帕米尔堡：九个龙子与九个缪斯的洞房　　／ 104

亚欧大陆地中心行走之一：囚禁歌（四首）　　／ 106

绝望青海　　／ 106

青海消息（马背上的风）　　／ 106

天气预报（天的消息）　　／ 107

编辑（从我到世界）　　／ 108

亚欧大陆地中心行走之二：大昆仑之心（六首）　　／ 109

昆仑，我的野马　　／ 109

从德令哈到世界　　／ 110

巴音马　　／ 110

在德令哈仰望星空　　／ 111

柴达木　　／ 111

从柴达木到世界　　／ 112

亚欧大陆地中心行走之三：左西藏（八首）　　／ 113

西藏是一种慢　　／ 113

从坛城到世界　　　/ 113

煨桑　　/ 114

拉萨太阳　　/ 114

白玛央吉　　/ 115

卓玛　　/ 115

从八廓到世界　　/ 116

从喜马拉雅看世界　　/ 117

亚欧大陆地中心行走之四：右新疆（八首）　　/ 118

新疆是一种快　　/ 118

伏羲和女娲　　/ 118

铁匠铺和裁缝店　　/ 119

大伊犁　　/ 120

伊帕尔汗（香妃）　　/ 120

从无花果到世界　　/ 121

米尔班古丽　　/ 121

大龟兹　　/ 122

亚欧大陆地中心行走之五：
亚欧大陆地丝绸之路（八首）　　/ 124

从昆仑遥望东方　　/ 124

在昆仑抚摸天空　　/ 124

从帕米尔看世界　　/ 125

大敦煌　　/ 126

大阴阳歌　　/ 126

亚欧大陆别赋　　/ 127

我不是来寻找西部，我是来跟西部道别　　/ 128

大亚欧大陆　　/ 128

龙兴之地龙在吟啸（二十曲） / 130
  大龙门对 / 130
  蓝贵妃的宫殿 / 130
  火龙驹 / 131
  吹着花儿登月亮 / 132
  梦与梦中间是现实 / 132
  电子音乐 / 133
  滑稽剧院 / 133
  昆仑奴 / 134
  星空漫步 / 134
  踏着大火跳上魔鬼的舌尖 / 135
  大 网 / 135
  龙兴之地 / 136
  墓 酒 / 136
  骷髅灯笼 / 137
  鄙地：彼岸花开开彼岸，奈何桥前空奈何 / 137
  大 水 / 138
  大帕米尔 / 138
  巴比伦或巴格达的星空 / 139
  各民族的人从世界各地聚向巴别塔尖 / 140
  隐藏在深处的王冠 / 141

亚欧大陆地秘城（二十种描述） / 143
  帕米尔正二十面体水晶宫 / 143
  从鬼到世界 / 143
  北入口：东西马 / 144
  南入口：谍中谍 / 145

亚欧大陆地雨　　　　/ 145

亚欧大陆地的雪　　　/ 146

亚欧大陆地秘密　　　/ 146

亚欧大帝国正二十面体雄狮王宫　/ 147

亚欧大陆地前途　　　/ 147

虚假的亚欧大陆地　　/ 148

世界正在驶入我的胸中　/ 149

亚欧大陆地密语：鸟飞鱼　/ 149

亚欧大陆地之城　　　/ 150

亚欧大陆地孤岛　　　/ 150

从谁到亚欧大陆地：
　将白天还给太阳，将夜晚还给星星　/ 151

亚欧大陆地别赋：以舟为马或以马为舟　/ 151

亚欧大陆地废墟（阴）　/ 152

亚欧大陆地废墟（阳）　/ 153

亚欧大陆地大咒　　　/ 153

大亚欧大陆地　　　　/ 154

从两个方向抵达亚欧大陆地（二十四歌）　/ 155

大悲舞　/ 155

六味马　/ 156

忧伤贝加尔　/ 156

含混的门　/ 157

后退的门　/ 158

世界环境：但丁和曹谁的夜宴　/ 158

黑龙或死（阳）　/ 159

黑龙或死（阴）　/ 160

独孤庭院其一 庭院上空百鸟鸣 / 160

独孤庭院其二 庭院中心马吃草 / 161

独孤庭院其三 梦外佳人降麒麟 / 161

独孤庭院其四 梦里单刀斩双蛟 / 162

双头的白天鹅 / 162

东马 西马 / 163

斯基泰：Saka 或塞种 / 163

伊拉克或巴格达 / 164

村庄：大马或年都乎 / 165

村庄：大刀或郭麻日 / 165

吾屯：年都乎和郭麻日：捉影人的故乡 / 166

从年都乎到苏合日：阿尼玛卿 / 166

燃烧的小猫和滴水的蝙蝠 / 167

悬龙标 / 167

生命从反复中昭示本质在东方和西方
　——给西绪弗斯和吴刚 / 168

断我头：祭奠太平洋 / 168

模糊的影像 / 169

银旻：宇宙大君如是说 / 170

河山或江山（九歌） / 171

星星海：星空下的长相守 / 171

星宿海：宇宙的倒影 / 171

黄河源：开天辟地 / 172

黄河源第一村郭洋村夜曲 / 173

昆仑：龙的巢穴 / 173

大昆仑故乡 / 174

昆仑：江河故乡　　/ 175

昆仑：高天厚土　　/ 175

昆仑：日月同辉　　/ 176

江山的苍穹　/ 176

大都或罗马之歌（二十七曲）　/ 178

大门从东方和西方中间打开　/ 178

巴比伦：罗马和长安都陷落　/ 178

秘星　　/ 179

夜：喜鹊或乌鸦穿过月亮　/ 180

梦：前世今生来世　/ 180

大火和星辰　/ 181

卢浮宫和圆明园　/ 181

死亡城　/ 182

亚细亚和欧罗巴间是空荡荡的顿河　/ 183

大流语　/ 183

大蒙古情歌　/ 184

全息宇宙：从交欢到宇宙融合　/ 185

帕米尔堡新娘　/ 185

大鼓：两个世界的门　/ 186

西伯利亚少女或蝴蝶　/ 186

高贵蓝　/ 187

生死场　/ 187

祖国或亚欧大陆地祖国　/ 188

大同或巴哈伊　/ 189

空戏台　/ 189

黑海流　/ 190

故国的早春或深秋　　／190
　　牧心　／191
　　帕米尔和平鸽　／191
　　蝶牧梦境或人牧世界　／192
　　日月同辉　／192
　　宇宙通信　／193
梅塔特隆立方体：亚欧大陆地深处的永恒之宫和乌有之宫　／194
世界序曲：人类文明流变拓扑图　／196

现代史诗存在的合法性：自由诗时代的抒情冥想"大诗"或"第三史诗"（后记）　／199

大序曲 1：
唯一的无影人的过去现在未来

我睁开眼，在黑暗中回忆或憧憬我的一生

过去和未来的我在黑暗中已经重新融合
无边的黑暗是你永恒的样子
我的一生则是一团火影的闪过
我在黑暗中已经太久，一切都已经在想象中完成
坐在世界的任何地方完全知道遥远的角落里星球上你的生活
一切都早已放置在固定的地方
我们唯一不能碰触的是本身
因为那连接着我们的秘密
一根贯穿宇宙的秘密的火柱
一切因为那个秘密的火柱而存在
一切从这里开始，一切从这里结束

我在光与暗中闪烁，我没有任何表情
坐在黑洞和白洞之间
看着光明和黑暗悲欢离合
面对宇宙我只有孤寂
看着这些围绕着秘密火柱旋转的物质和精灵

巨大的空寂将我淹没

这仅是虚无的无数种形象的一种

坐在水中唯一一处凸起帕米尔

这是我偶然的唯一选择

大风从四面袭来

我向四面瞭望

这一片水如此荒谬

这毫无意义,包括不久将在水中浮起的陆地

一切的陆地将从我的下面伸展

有一块北方最大的陆地将是我的神情

三个半岛向南方伸展,那是三只从黑暗和光明间逃跑的大鸟

两个岛链在东西垂下

这形状我无法爱或恨

他们在黑暗中向过去或未来伸展,我还爱或恨什么?

不过这又有什么关系,一切都只是一闪而过的幻象

那幻象的幻象——秘密的火柱,我不能碰

否则这个世界将顷刻倒塌

坐在水中的那个凸起,我充满厌烦

这一切我都已经历过许多次,还有什么比在火柱的旁边幻
　　想更完美?

这一切我都已经历过,我怎么会重复

我一直希望生活在幻象的中心

所以我要将帕米尔预留

在有如姐妹的两条河流过的地方,我看到无聊的存在
十二个兄弟在这里生活,因此十二种形象分别飞向东方和
　　西方,我们仰望星空就会泪落如雨
他们每个人都感觉自己在中心,因而第十三个中心一直只
　　在我们心中
他们因此而钩心斗角
他们将为触摸到光柱而遭殃
我的厌恶仍然弥漫星空
周围是这样绝望的水
我且要看这一次人世的爱恨情仇
一切从这里开始,一切从这里结束

大序曲 2：
开始或结束在隐秘的圣杯

在黑暗中继续闭着眼睛
今天我将把唯一的圣杯交给你
圣杯中的秘密等你许久
今天我将圣杯中的秘密点燃，正在跳动的是青色的火
一切秘密皆在其中，光明紧贴着黑暗
一颗隐秘的微粒在其中旋转
光明和黑暗以及充满梦想的欲鸟从天空落下，在其中融化
雪山在四周升起，乌云在雪山中升起
欲鸟在酒杯的火中掠过，将帷幕掀起
一切都将开始，在黑暗中默默开始

无数的微粒从四面聚集
他们以飞翔的姿态在二十四个方向聚集
他们从遥远的地方到来，像一团隐秘的火
温度在苦闷中日益高涨
从黑色变为红色，经历所有的颜色，直至看不见的大光
一声巨响传出，一切的微粒开始退却
光明在四散，以聚集时的姿态飞翔
虚空中飘荡着微粒，他们各自围绕四散的光明集聚，他们

在抵抗退却
虚无中的元素四散，起点来自隐秘的火，终点在远方的不
　　可及处

在隐秘的火的前方，微粒在围绕一颗怀有所有元素的梦想
　　的微粒聚集成团
起初上面如灰烬一般沉寂
隐秘的火在虚无中轻轻地呼唤
所有的微粒开始旋转
从很小到很大，从内部到外部
这一切都在黑暗和光明紧贴的瞬间秩序井然

转瞬间聚集成团的巨石为水所包围
一个怀有所有元素的梦想的微粒在水中暗暗生长
他怀有抵抗退却的使命，一切的光明要重新聚集
那个微粒在水中大量繁殖
这些微粒在水中大战，直到找到一位领袖
领袖在繁衍生息，直到下一次大战
每一次繁盛，也同时是一次灭亡

一块陆地在水中渐渐升起
最先露出的是一座高山
一切从这里延伸
草从水中钻出，鱼爬上陆地，鸟从水中飞起
从四面八方向陆地中央前进
他们向高山上留下的一个青色的圣杯集结

巨大的圣杯中有那个怀有一切元素梦想的微粒
有水在山间、地下、天上同环绕大地的大水秘密相通
他们在日夜前进，向留有圣水的大山，那个巨大的圣杯
一切的生物都源自他，一切的秘密集中于他
圣杯的内部广袤无比，映照着整个火的过去
圣杯的形状千变万化，像一头雄狮的头颅，又像飞动的鹰
　　或奔跑的马，而其实他是纯粹的从二十四个方向集聚
　　的飞翔的姿态
圣杯的上面终日乌云密布，四围的山中各种各样的树木茂密，
　　山林中有各种各样的野兽，各种各样的鸟在往来通报信息
那个秘密的元素在水中悄无声息，他在酝酿最完美的一次
　　集聚——人
那攸关退却的终止，光明和黑暗的一次领袖的选择

今天我将圣杯交给你，请你将他一饮而尽
那个秩序将完成一次最完美的选择
你的内部将同隐秘的火秘密相通
你的构造将同宇宙的结构完全相合
今天请你将圣杯中青色的火一样的水一饮而尽，然后睁开
　　眼睛
这一切都在你的内部一次冥想中瞬间完成
你将开始一次新的秘密选择
从今以后你将再无力举杯
直到所有的微粒停止退却，所有的火元素重新在火的故地
　　集聚

大序曲3：从水到第一陆地

我们在水中漂流太久
我们从二十四个方向向那一块陆地聚集
我们将乌云放倒
挂在船头向那里集中
云帆的顶部是一只巨大的鸟
我们要到那块陆地去安居
我们乘坐各种各样的信风前进

我们向往那个安定的陆地
我们遇到海怪和大鲸
我们降服海怪，我们把大鲸驯服为我们海中的雄狮
我们以巨大的鱼骨制造戟
模仿海神的三叉戟
我们坐在巨浪的顶端前进

我们遇到台风
乌黑的云在我们头顶旋转
仿佛死神阴沉的眼神
我们住到台风中心
我们驾驶台风前进

我们抱着自己的心脏向那个陆地前进

海岛日渐清晰
东西各有一串大的岛屿
有的人留在海岛阴沉地生活
他们的后代将率先成为海洋王
东西南方各有三个半岛突出
唯独寒冷的北方整齐如刀
我们到达海湾的沙滩
我们拥抱在一起欢呼
夜晚的时候我们看着月朗星稀憧憬未来
我们相信我们的后代世代幸福

我们从海滩向平原行走
沿着河流的方向
有的人开始踏上土地
我们从三个方向向大陆的深处前进
在那里乌云密布，有些火在秘密生长
所有的鸟的巢，所有的猛兽的窝
所有强悍的民族将从那里开始强大

有的人留在平原
他们耕田，聚集在草做的房屋
他们在一个大厅中围着篝火交媾
他们的后代从此繁衍生息
他们将粮食储存，捕捉鸟和兽

鸟兽的自由可以换来幸福
他们围绕一口井建起家乡
他们的村镇日益繁盛

梦想火的人继续向前
他们在绿草高长的地方停留
他们捕捉野马做他们的坐骑
夜晚的时候他们迎风饮酒，白天骑马驰骋
他们用树做弓箭
他们带着帐篷追逐水流和季节
他们日益渴望迁徙

梦想火的人继续向前
他们先于他们内部前行
他们相信不可抵达的是最完美的
他们相信最安全的居所在最深处
他们到达沙漠，他们穿越沙漠
有时他们遇到高大的山
他们看着星图前进
他们始终看着前方

梦想火的人经常回想过去
只是总也想不起大水之前的事情
他们穿越大地，在黄昏的时候来到一座大山
日落的时候他们睡在草丛
日出的时候他们看到太阳从森林中升起

他们从各个方向聚集
在山的最深处寻找那预定的火柱

人们不是从大水中向火柱靠近
他们是从火柱出发走向大海
他们是在两个方向抵达世界
我们将紧贴在一起的光明和黑暗撕开
二十四只巨鸟飞出
火光在此时照亮世界
一切从这里起源，一切从这里毁灭

黑洞和白洞之间的"测不准"宇宙：
元素之歌（二十双阴阳歌）

野马阴阳歌

火龙驹

将沙土沉入水底，将火燃在冰上
我隐藏在水与火中间的隐秘处所
同一只龙进行一场秘密恋爱

我的怒火在冰上燃烧
映照在青色的冰上
穿过干枯的牧场
火光在四面的山中涌起

我静静地躺在冰上的火中，面对北方
那只龙身上的月亮多么细腻
我看到明年春天青海骢向四面青青的草场奔跑
踏着开裂的冰，火在他们头顶闪闪发光
火来自他们，火在去年或明年沉入他们心中

宰马场

清晨我将千里马从马厩牵出
我围着它行走,我在想如何将它卸开
千里马忧郁地看着远方
我想它从此再不会忧伤

我们将马头齐肩剁下
马鼻子呼出气
马的耳朵在跳动
马的眼睛睁得很大
我们在旁边看着直到它不再动弹

我拉着马鬃撕下
它不再在风中飞扬
我将马腿砍下
它不再日夜奔跑
那迷人的马肚子下
永远不再有野花飘扬

黄昏我们围着火堆烧烤马肉
它的一半在火中沉落
一半在火中升起
它通过我们的嘴进入一个安静的世界
忧伤的千里马,从此不再忧伤

银豹阴阳歌

银豹(阴)

一只豹卧在深冬的山岗
银豹在黄昏中出发
夜晚它独自行走
银豹在黎明中抵达
一只豹卧在深夜的山岗

一只豹在深夜行走
银豹穿过一条河流
我随它慢慢行走
朝向一个隐秘的方向,以夜为衣

银豹从东方出发,在西方抵达
它总是在黑暗中独自行走
我们夜夜在中途相遇
此时它总面朝北方,没有表情

银豹(阳)

银豹在空中奔跑
每天晚上我都跃上它的背
我的四肢在它的身上伸展
我们在朝一个隐秘的方向飞翔

银豹停留在夜空
他的腹中灯火通明
他俯瞰四野匆忙行走的人群,一声不响

我跃上他的背,他就飞奔
我们越过大火,一直朝帕米尔奔跑
帕米尔山中有我寻找的人
黄昏出发,深夜抵达,黎明返回

雄狮阴阳歌

孤独的狮王

我经常在暗夜
在亚欧大陆中部孤独地走
那是没有一个人的荒原
我走来走去
不知道自己在寻找什么

我在亚欧大陆中部孤独地走过
那是一阵风冷静地吹过
月亮永远在遥远的地方
那冰凉的眼光
多么迷人的睫毛
是我永远都抚摩不到的哀伤

我经常遇到一头带翅的雄狮
它向我眨着眼睛
我发现,它的翅膀
已经被善良的人折断
它哀伤地卧在雪山下
每天像我一样优雅地走来走去

沉默的狮王

走入监牢的囚徒是接近自由
他可以思念母亲
母亲在远方,就仿佛在门外
她也会思念他像母亲思念父亲
因此走入监牢是接近自由

走入笼中的狮是接近自由
低沉的吼声,在亚欧大陆的山坡上
可以穿透宽阔的夜,抵达黎明的太阳
因此走入笼中是接近自由

有野心的男人将自己囚禁
在一次远征的途中
看着太阳自东向西,从头顶越过
有野心的男人将自己囚禁
就像冬天将夏天驱逐
他在那里静静地思考

巨龙阴阳歌

牧龙歌

我们在亚欧大陆地深处放养毒龙
毒龙在深深的青海湖中住
我们搭帐篷在海心岛
毒龙日出而出，日落而归
毒龙在青藏高原上膘肥体壮

我们的龙种从天上来
乌云漫布时随着闪电垂下
我们放声歌唱来放养它们
它们在牧歌中茁壮成长

我们是文明的失败者
我们的生命力太强悍
我们转而在亚欧大陆地深处放养毒龙
毒龙将生九个儿子向四方前进
世界将在天亮后成为毒龙之地

龙涎香

黑夜我沉入水底
忧伤的人总在寻找安宁
水底的水草悠悠地飘
我却发现一条同样悠闲的老龙
他交给我一块龙涎香

我在幽静的水涡浮起
周围都是葱绿的树木
我在思念着那个安宁的地方
当我靠近时，我却感觉远离
我抚摸着那一块龙涎香
想着那一条悠闲的老龙

我看到所有的云都在移动
因为云的影子在我身上飘过
飞翔的鸟也在其中
鸟的身后是整个雨季
我坐在静静的河湾
想那一条老龙为何要给我龙涎香

老虎阴阳歌

虎 风

半夜我在一阵风中醒来
我又梦到你
那一只在亚欧大陆孤独行走的虎王
我穿行在风中仿佛星星走在夜空
森林边所有的树都在摇摆
我分明感到一只花斑大虎在密林中慢慢行走

这些年我所有的梦都是逃亡
不知道是谁在午夜的密林中穷追不舍
最后总在森林的边缘遇到你
一只同样被人追逐的虎王
从前它总在密林中一声不响地走来走去
那一只在亚欧大陆孤独行走的虎王

我在石头上静静沉思
为什么我对你这般牵挂
我又看到森林在摇摆
总感觉它在暗暗向我走来
虎的行走是风的来源
在亚欧大陆行走的风是虎王的忧伤
夜已经很深,寒气很重
我等待的虎王却迟迟不来

虎 谷

巨大的老虎倒在金色的河谷
它的胸从中间裂开
腹腔之内空空如也
我们垫在腹腔的底部

仰面朝天的腹腔再也不会合上
躺倒的老虎不再会思念森林
蓝色的河水从腹腔流过
金色的河谷因此五谷丰登

东风无法进入,西风无法进入
这里是静静的虎谷
雨从天上落下
雨水从大虎的肋骨间流下
我们的河谷因此金光闪闪

大鹰阴阳歌

心 鹰

从日出到日落:青藏高原
从出生到死亡:新疆大漠
一只兀鹰站在山巅
山沟的褶皱是我的胸怀

山沟的形态在我的手掌
山沟的颜色在我的眼前
在人间行走危机四伏
在下地摊旋转不会迷路
那只兀鹰惊起跟我们一起旋转

日落出发,日出归来
我只希望山的褶皱刻入心中
让那只兀鹰带去
印在你的心上

夜 鹰

我睁开眼发现一只夜鹰端坐在山坡温柔地看着我
我在夜鹰的面前起舞
从黄昏到黎明
夜鹰始终温柔地看着我

夜鹰端坐在山坡温柔地看着我
我有时爱抚它,有时驱赶它
有时独自闭目休息
夜鹰始终温柔地看着我

夜鹰始终端坐我的面前
只是有时伸展着宽广的翅膀围绕我飞舞
夜鹰始终盯着我
直到我沉入梦乡
夜鹰宽广的翅膀带着我在夜中飞舞

我睁开眼看到那只夜鹰端坐在山坡温柔地看着我
夜鹰一直陪着我起舞
不论我走到何处
我渐渐发现夜鹰已将我的一生占据
从我睁开眼看见它到我闭上眼不见它
从太阳在东方升起到太阳在西方落下

蝴蝶阴阳歌

牧 蝶

我们在亚欧大陆地深处建一个花园
我们放养一群蝴蝶
这些蝴蝶如我们的梦般安详
我们以此来昭示我们的生活

这些彩蝶从四面八方涌来
它们在花园中繁衍生息
我们将花园中遍植名花
让它们在其间自在飞翔

我们同蝴蝶在花园中穿行
我们已不知道谁是谁
这些蝴蝶将从这里飞向四方
我们的蝴蝶将遍布亚欧大陆地

雨 蝶

雨蝶在黑暗中飞翔
这雨蝶不是白色
这雨蝶一定是浅黄或粉红
这雨蝶从黄昏出现，在黎明离开

雨蝶飞满黑色的夜空
这雨蝶只在一个地方停留
这雨蝶只朝一个人飞翔

雨蝶从一个秘密的处所升起
雨蝶在黑暗中一直朝我飞翔
雨蝶一直在寻找一个进入我梦的入口
雨蝶永远都不会抵达

鹧鸪阴阳歌

鹧鸪（阴）

我们亲手将自己养的鹧鸪杀死
鹧鸪在地上扑棱着翅膀
从此我们远离家园

我们在寒冷的冬夜想起童年养的鹧鸪
我们想着鹧鸪忧郁的眼神
在远方我们痛哭流涕

我们常常想起我们的鹧鸪
蚕将丝吐尽，蜡将泪流干
我们的鹧鸪将再不会回来

鹧鸪（阳）

你已远在天边
我已不在故乡
我们在同一个夜晚想起小时候一起养的鹧鸪

鹧鸪在四合院中飞旋
我们不知鹧鸪在想什么
我们此时在同一个冬夜想起鹧鸪

我们闭上眼睛相思
两只鹧鸪从月上降下
我们的手中各有一只

风阴阳歌

长风歌

她踏着蓝色的火焰向我走来
她的身后是长风
风从她的嘴中来
风穿过我的胸膛
我们在风中飞舞

我们在河的两岸行走
风从河的两岸随来
我总从你蓝色的火焰看到你内部熊熊燃烧的火

长风三次吹向我
三次都贴着皮肤绕过
我在夜晚三次醒来
总感觉长风在黑暗中向我吹来

风纱帐

我们乘坐白云抵达午后山岗的风纱帐
所有的风都向我们吹,所有的火都在我们内部燃烧
这帕米尔山巅狂野的风纱帐

大风鼓起我们白色的风纱帐
鱼在空中游过,燕在地上升起,我们在云中游弋
我接近你从脚开始,从皮肤开始
在火的入口处抵达终点
你这只白色的野天鹅将四翼伸展
这午后狂野的风纱帐,我们唯一的乐土

大风源源而来,我们一直在云之颠
云从四面聚集,日益厚重,雨就要来临
那一场午后的雷阵雨啊
那一场雷阵雨后万里晴空,我们躺在风纱帐
这大风鼓噪的风纱帐啊,我们来世前生都无法割舍的唯一
  去处

土阴阳歌

麦地山岗

星星升起,夜晚降下
你引导我走入麦田深处的山岗
我们静静地拥抱
所有的风都吹向我们
我们俯视麦田
一只黑色的鸟在麦浪中掠过
消失在山中的暮霭

树林深处谁家的灯亮起来
犬吠不断的是谁住的村庄
谁家如波浪般起伏的麦子就要成熟
山间升起的大火是谁的秘密

夜静静,我们在山岗旋转
我盯着远处山间的大火
你却转向我的深处,将我遮盖
大火中升起的烟进入云
在你的推动下,我渐渐离开大地
让我今生落在何处

夜深沉,你在后面教我如何在田埂间穿行
麦穗上的雨水打湿我们的衣服

穿过最后的麦地
前面就是灯火通明的村庄

麦地之火

我们将金色的麦地点燃
火在麦地中升起
土在麦地中沉落
我围绕麦地缓步行走

人们都蹲在麦田守望幸福
我独在麦田等待死亡
面对这一望无际的黑色烟雾我如何自拔?

这些金色的麦子在风中散发出芬芳
天地在风中慢慢咀嚼
面对麦地之火我们终于安静
我们死后也将如此芬芳

火阴阳歌

火 居

一切从这里开始,一切从这里结束
这里是从二十四个方向聚集的火的形状
唯一一个永恒的居所
就像幸福本身一样我安坐其中

在远方我们看到世界,在光的形态中渐次明晰
我们在火中飞翔,秘而不宣
我们在进行一场三个世界长的巡游,现在是第二个

我们在光明中降临,在光明中离去
我们的一生一闪而过
在燃烧中不可能有忧愁
我们在火中飞翔,秘而不宣

火 影

火自八个方向聚来
火在四个方向显现
这一切都因为我

火在中心燃烧
温暖向四周扩散
我们为此向火聚拢

人的一半在火上一半在火下
我的归来与离去都因为火
人的存在和消失都在火的两侧

雪阴阳歌

大 雪

一切从这里开始
一切从这里结束
所有的都是一样的

一切迟早会回来
一切迟早会离去
我们都不必关心

故乡在蛊惑我们
远方在牵挂浪子
雪在此时此地铺满我们的眼前

血 雪

红色的雪落满大地
这世界为冰所覆盖
我们因此伤痛欲绝

我独自在一个人的庭院痛哭
无处觅食的鸟群停在雪中看着我
我们在这血雪中无处逃生

我只是在红色的雪中嚎啕大哭
我再也无法到达大海
我一个人被淹留在亚欧大陆地中心的血雪中

春阴阳歌

大 春

我坐在亚欧大陆地上
绿色的草从地下升起
绿色的草结成座椅
青草座椅将我托起

我在青草的簇拥下微笑
我看日从东方升起,从西方落下
在亚欧大陆地上青草在想花朵,我在想月亮

我在亚欧大陆地的中心迎风微笑
风中有花朵的味道
月亮就在今晚的夜色中
我知道春天就在此刻穿过我飞向整个世界

鸩 春

我撕开天空
一只黑色的巨鸩落在我的手上
我引着我的巨鸩在春风中高飞
花瓣落满大地
鸩的羽毛落满大地

人类将酒杯排满大地
我的大鸩飞过
羽毛轻轻飘入杯中
我们举杯祝他们万寿无疆
我将我的大鸩藏入胸中,跟他们一一拥别
我轻轻跳上一匹马
春天,我引鸩高飞

我跳上一匹青海骢
在亚欧大陆的草原带上飞奔
大鸩在我的头顶高飞
在帕米尔上空我长久停留
看着这无草木的大地我的泪零落如雨
大鸩的羽毛零落如雨

夏阴阳歌

夏 安

那么我们就在夏天沉睡
冬天还很远
从两边都是

那么我们就在夏夜漫步
阳光还很远
从两边都是

那么我们就在这夏夜深处轻轻哼唱
我们从河的北岸涉河到南岸
我们从河的南岸渡桥到北岸
月亮就在河心,树影在两岸都是
那么我们就这样在河边安睡,忘记一切

大 夏

风一般游走在亚欧大陆地北方的大草原
两轮的青铜战车在奔跑
从亚细亚到欧罗巴
你们在破坏着大帝国

你们从三个方向为人追逐
你们高贵的血却留在那里
你们和马及马车上的妻子向北方遁去

你们再未回到南俄罗斯的草原
你们渐渐忘记自己的名字吐火罗
你们飘散在亚欧大陆地草原的历史中
如风一般你们只是经过,不会留下

秋阴阳歌

龙马昆仑月

我骑龙马载月亮飞上昆仑
我向东方高呼：中秋快乐
我的声音顺着昆仑从三个方向抵达你

我站在昆仑之巅抚摸月
我呼一口气将月光轻轻吹向东方
月光顺着昆仑从三个方向抵达你

龙马跳起来站上月亮
我在这里静静看着你
在东方三个方向上的你可看见我？

后现代秋谣

秋天深了故乡远不远？
秋雁归了故人归不归？

秋虎跳跃你怕是不怕？
秋波转动她在望着谁？

秋叶黄了母亲头发白？
秋意浓了浪子醉了没？

秋菊满地美人思念谁？
秋风萧瑟义士在何方？

秋天到了粮食装满谁的仓？
秋天金色金子都到谁的手？

秋风爽吗？他们何不归？
秋霜白吧！冬衣缝好未？

冬阴阳歌

冬散或死

我坐在一匹马上
枯叶在风中四散
黑鸟在枯枝上乱转
我在无意中将人撞飞

他们都飞起来
一切都在秋天枯萎、春天醒来
我是在冬天见证

大山中部裂开
大河中游干涸
人们都在冬天藏起来哀绝
这是因我要走过

冬或革命

粮仓空空如也
房屋中没有火
人们就坐在冬天的大北方目光迟滞

这是开始也是结束
我们是否曾经梦想？
我们的头颅谁想要？
为什么最寒冷的地方最容易流血？

我们坐在空落落的西伯利亚
马在南方、西方、东方都未抵达大海
春天和秋天都很遥远
这里一切都没有变化

太阳阴阳歌

太阳,请将我唤醒(阳)

太阳在东方升起
花儿开了
鸟儿会飞了
孩子会说话了
我睁开眼睛

太阳在我的头顶慢慢划过
太阳从天的头顶划过
天空会记住的
云会告诉我的
将过去和未来的一切
在梦中让月亮去告诉我

太阳在西方落下
游子回到故乡
牛羊回到巷中
树也安静下来
我也进入梦中

太阳，请将我唤醒（阴）

从东方升起
尸体都蒸发掉
凶器都销毁了
凶手像正常人一样在人群中寻找目标

太阳在我们头顶慢慢划过
我们不会忘记恐惧
行恶的人享有荣光
行善的人潦倒死去
这都是在太阳下发生的
我们死都无法瞑目

太阳在西方落下
野狼朝白羊走去
屠夫朝马匹走去
恶人朝好人走去
我们朝黑暗走去

独孤谁阴阳歌

独孤谁(阳)

无论走到何处都只有我一个人
众人都那么遥远
我发现中心的位置总是空的

我已无法离开这个位置
我从一个边际跑到另外一个边际
再到下一个边际
我发现我始终都在那个最空的地方

这孤寂的世界
四围都是无所事事的人
中心总是空的
我这一生无法摆脱的空寂

独孤谁(阴)

我端坐在深深的宅院
人们都在两边的巷子穿过
他们想要的东西都藏在这里
这些饥饿的人都盯着这里

我的身后都是废墟
这里却是人们向往的地方
我的这些不谙世事的粮仓
更加不谙世事的是这不断围着我旋转的人

这些粮食并不属于我
我也是个饥饿的人
我看着这些诱人的尤物无法食用
我一直在围绕自己旋转

断头台阴阳歌

断头台（阳）

断头台在等待我的头
我面对一扇门
怀中揣着钥匙却打不开
我是在门里还是门外？

大风将门吹开
院中或院外是断头台？
断头台上正缺我的头

我的头一半在内一半在外
我的身体一半在大地一半在天空
我熟识的人还在等我，我已经永远离开

断头台(阴)

断头台在等待我的头
我走在万人涌动的街上一片安静
这边和那边又有什么区别

断头台上缺我的头
谁又想去作王或杀王
这又有什么区别

我从容走上断头台
这大地需要我的头作种子?
明天这里会长出一个我?
去的终将来,来的终将去
这一切又有什么区别!

预言阴阳歌

牛顿不起 洪波涌起（阳）

太阳终将在西方降落
太阳定会从东方升起
我们在同一个大地见证

你已经远去
我将会升起
我们在世界的两端见证

昨天的话在今天宣布
东方的话在西方告诉
这将会是真实

牛顿不起 洪波涌起（阴）

太阳从东方升起
月亮在西方落下
这又有什么关系
我只是在大地上行走

我是在东方遥望西方
你是在西方冥想东方
这又有什么关系
我们在帕米尔堡相遇

东方自天落地
西方从地上天
这又有什么分别
我们只是住在自己的身体

亚欧大陆的五种形体

亚欧大陆形体一

每天深夜我们骑马从印度次大陆出发
我们在青藏高原长久停留
我们抵达帕米尔
我们在这里环绕帕米尔驰骋
我们继续向北,沿着叶尼塞河行走,直到北冰洋岸边

我们沿原路返回帕米尔,在河岸寒冷的山脊行走
我们在幽秘的丛林中向帕米尔摸索
我们在远处瞭望圆形的帕米尔

我们围绕帕米尔驰骋
有两种风分别从太平洋和大西洋抵达
我们沉迷在丛林中不能自拔
我们的马匹在狂奔,马嘶声传遍四方
直到帕米尔山巅的岩浆喷薄而出
我们在清晨的火山灰雨中迎接日出

亚欧大陆形体二

我横躺在宽广的大地上

头枕阿尔卑斯

仰在我们的亚洲看银河

漂流在巨大的水上

你经常骑一匹马在深夜出发

从阿尔卑斯的南麓到北麓

你经过高加索时异常细心

你在印度和罗斯都长时间逗留

你在帕米尔停下遥望我的表情

你在青藏高原和塔克拉玛干来回奔跑

你继续沿长江和黄河前进

最后你沿原路返回帕米尔

你在山下的森林中回旋

你在倾听来自阿尔卑斯的回声

直到火山喷薄而出

你在白色的雾气中行走,听到我遥远的回声

亚欧大陆形体三

我们骑马在亚欧大陆南望非洲

我们的马停在幼发拉底和底格里斯之间的巴别塔

巴别塔的四周吵吵嚷嚷

我们站在塔颠向南遥望

我们的视线是非洲大裂谷

此时你总无端陷入忧伤,那忧伤自童年开始

我们在死海边徘徊,你为这名字泪落如雨

我带着你向北奔跑
我们在波斯的夜晚围绕大火旋转
我们越过金色的草场继续向北
我们越过黑色的海洋
我们最终到达高加索的王宫
这里你不用再看见非洲黑色的大裂谷

亚欧大陆形体四

我将五个小的头颅放在喜马拉雅山巅
我从两条河中间向北行走
这是我第二次出发
我将我的火把露出
你赞叹这是你见过最旺的火把

我准备穿过喜马拉雅
起初我想从山的底部穿过,顿时乌云密布
后来我还是像许多人一样从顶部穿过
我们终于在山巅看到整个白色的绒布冰川
你说你是我九个梦想的第一个

我继续向北行走
我想我会怀念你
因为现在我已经在怀念第一次穿越
你一眼在人群中将我认出

你说我的火是你见过最旺的
起初山要穿过我
后来我像人们一样穿过山顶
我们在雪山之巅一起飞舞
留下的是三个大的头颅和白色的雪水
我在山北憧憬第三次穿越
我会始终带着那把你爱的火
直到第九次离开你

亚欧大陆形体五

我在阿尔泰和昆仑之间向西走
你在锡尔河与阿姆河之间向东走
我们的手指在帕米尔相触

长风在两列山和两条河之间穿过
长风之下都是沙石
天山在向西太息
咸海在向东太息

我在喀喇（黑色）昆仑
我们中间升起沙雾
我在两列山和两条河间最后聆听你的太息
我看着你独自消失在北方
我也将独自向南不复回
唯有长风在我们之间呼啸

亚细亚序曲:
帕米尔之梦——亚欧大陆序曲上

我们从太平洋到大西洋旅行
在水中我们思念大陆
驾着马车在天空行走
没有理由不让我们在帕米尔停留
这里是我们的故乡
没有理由不让我在这静静的帕米尔做一个梦

我们的马在天空行走
云朵是它们的水草
就像所有的山都源于帕米尔
所有的人都向往你
没有理由不让我在帕米尔山巅远眺
不止因为这里是我们的故乡
没有理由不让我在这静静的帕米尔做一个永恒的梦

所有的元素同王一起苏醒
每一种都有生殖的力量
我们开始放声歌唱
针叶林在舞蹈,猛犸在奔跑
日夜面向北方的是古老坟墓前的斯芬克斯(sphinx)

狮子的力量，渴望鹰的飞翔
毫无疑问这是一个永恒的梦
即使在沙漠中草原都在延伸
没有理由不让我在静静的帕米尔入睡

东方的土地上有人在寻找出海的路
他们要找三座神山
那里有不死的符咒
一个有野心的人在水中窥伺
他远离奢侈的生活
看着天上降落到水面的星图日夜谋划
他有一个贯穿大陆的梦想

南方有一座雄性的宝殿
有野心的雄性在静坐思考永恒
他用自己不同的部位控制不同的人
他们在最南的恒河中洗浴
即使死去仍然永恒
他将自己的王妃葬在最美丽的坟墓
他有一个贯穿大陆的梦想

西方神秘的夜行者在行走
他的目的是沙漠中的一座城
他是三座城池的主人
在无形的堡垒前面
他的土地向三个方向延伸

他所爱的一切都将成为白茫茫的盐水
他有一个贯穿大陆的梦想

海上的云源源不断汇集,所有的元素在帕米尔集结
所有的山和水在这里起源,所有的元素在帕米尔分散
那路途是各个方向的风,马匹的经过是最重要的一种
没有理由不让我在帕米尔停留
我在这山中静静地修养,马匹在山坡上悠闲地吃草
没有理由不让我在这静静的帕米尔做一个梦

北方静静的草地上,星星闪闪发光
准备出发的人在帐篷中饮酒
狂野的人从山中一队队出发
向记忆深处的王国进发
他们相信太阳,受太阳眷爱
马匹是他们的步履,狮子是他们的心,鹰是他们的目光
这些黑色的幽灵从帕米尔的山中起源

火在帕米尔的山间烧起,火在我的内部烧起
一切从这里起源,一切从这里毁灭
一切的变化都源于火
一切的生殖源于火,在帕米尔
爱恨情仇,和隐藏着生殖的最重要的征服
在温暖的温度中,我们做一个梦
他们有一个贯穿大陆的梦想
做那梦的是同一类人,他们是王

没有理由不让我在这帕米尔的山间停留
不止因为山下就是我们的故乡
没有理由不让我在这静静的帕米尔做一个梦

一只黑色的天鹅带我向西而去
因为诸神在更西方复活
声音从黑色的地中海向东方传播
一个新的帕米尔在静静升起
三个半岛在南方伸长
夜游的天鹅停留在阿尔卑斯
因为诸神在这里复活
他们对着遥远的帕米尔高声呼喊
这只是一个噩梦的开始
我在这此起彼伏的呼喊中惊醒

从太平洋到大西洋的旅行
没有理由不让我在帕米尔的山中停留
不止因为这里是我们的故乡
在静静的山中做一个梦
大洋的遥远是因为梦的遥远
亚细亚的遥远来自一个隐隐约约的帕米尔
在冬天,我宁可绕路在北方
穿过白茫茫的北冰洋
我的病痛却留在帕米尔的山中
因此没有理由不让我在帕米尔停留
没有理由不让我在静静的帕米尔做一个有关火的梦

欧罗巴序曲：
地中海之梦——亚欧大陆序曲下

黑色的天鹅自东方来，她的身后带着火
她在高加索驻足四望，继续向西
她停留在云雾缭绕的阿尔卑斯之巅，而火却被阻隔在高加索
就仿佛从帕米尔醒来，只看见雪山，不见火
她睁开眼睛，她知道火将从地上由命定的骑马的高贵者向
　　西传送

黑色的天鹅在阿尔卑斯之巅面朝东方苦苦思索
所有的河流从这里出发，主要流向北方
所有的山脉从这里出发，从三个方向向南延伸
像在东方一般，有三个岛屿从三个方向伸向南方的海洋
从阿尔卑斯出发的三叉戟将地中海固定在南方
一切都将从这地中的大海中开始，以火的一种燃烧出现

火在东方蔓延，已经没有大地让他们燃烧
火深入地下，从高加索出发的勇士的马蹄下，在苦闷中潜行
火在黑暗中嗅到新帕米尔的气息
他在黑色的海洋中冲出

他已经沉迷太久
他从东疾行向西，又从西疾行向东
当他沉静下来，他看到从北方而来的三个半岛，像从阿尔
　　卑斯向南眺望

火一样的黑色海洋如此深谋远虑地面向北方
他将展开一次新的燃烧，从三个半岛开始
火的宿命：从虚无的东方开始，在确实的西方完成

在东方大神集聚，他们都在静静谋划着秩序
人们从各自的城出发向四方延伸
这是虚无的地中海之梦
他们在大船上冥想
在任何一个地方都有一个完美的幻象之城
他们距高加索如此之近
他们抗拒火，火却从这里秘密开始

当火在东方渐渐沉没，却从黑色的海中继续向西方潜行
火在万世仰慕的拉丁开始燃烧
这是来自帕米尔的大梦的伟大开始
他们在七个山巅舞蹈，同北斗星相对
他们追逐过去，他们预示未来
他们的左边是冥想的神灵，右边是躁动的海盗
从任何方向看，他们都站在中间
他们面朝黑色的海，看到迷失在其中的梦想
当大海成为他们后院中的湖，他们的梦终于开始

他们越过阿尔卑斯，北方有三支蛮族为他们臣服
他们越过海，南方的女王的城为他们所有，包括筑在其中
　的爱情
他们从左边取过秩序，他们在右边埋下征服

他们的梦从阿尔卑斯山下的罗马升起
背山面海的王却忧心忡忡
王同二人争夺秩序，王杀死左边和右边的王
王又同二人争夺秩序，王又杀死左边和右边的王
王很疲倦，在许久之后他想到火
火从海中升起，脱去水的外衣，这就是多年以前的火

在熊熊燃烧中，火在北风中渐渐沉没
天空出现日食，所有的人都隐藏起来
他们的过去诸神已经在梦中做好
他们的未来就是整个世界，像诸神的梦一样的世界
火已经在水底继续向西秘密潜行

火在西方的水中升起，火在天空爆裂
人们从一个梦中醒来，他们想着那个连续不断的梦，在最
　初就设计好的秩序
他们从这里开始远行
带着火种向三个方向出发
他们将把火带给大陆外的三个蛮荒之地
他们带着火，乘坐大船驶向东方、南方和西方
就是阿尔卑斯的三个半岛所指的三个方向

大火在三个蛮荒之地熊熊燃烧

在北方一望无际的绿荫上，三支蛮族也引到火种

东面的蛮族骑马向过去疾驰
就像东方的半岛从过去而来
他们骑着马向帕米尔前进，此时的帕米尔已经只剩灰烬

中间的蛮族在苦思冥想中描绘秩序
当他们从悠扬的竖琴旁醒来，他们发现过去和未来都已经
　　不在
他们左冲右突，他们想到北方
他们最先向寒冷的北方前进
他们又向东方和西方前进
他们骑着铁马向前
在阿尔卑斯山脚下，拉丁的背面，他们以火的名义向四方
　　冲突
他们怀抱秩序，手握过去和未来
然而在阿尔卑斯山脚下是他们的宿命
在他们的忧思中，一个半岛向北方延伸，指向一个不可知
　　的方向

西面的蛮族像西方半岛上的人一样继续在太阳下传播火
他们在半岛人的航线上继续向三个大陆前进
他们从低地开始出发
这里同样有三个起点，两个在大陆，一个在孤独的岛上

火从这里出发，向三个大陆前进

火在黑色的海底继续向西，停驻于最西的岛屿
南方的三个半岛和北方的三支蛮族的梦想齐聚于此，从这
　　里延伸
这里是新的伟大的拉丁
王在这里打败陆地上的两个敌人
清晨女王目送他们在云雾缭绕中启航，他们带着火最后一
　　次向三个大陆前进
火在这里完成最完美的一次传递，火在三个大陆熊熊燃烧
大火在阿尔卑斯和帕米尔之外两条河流的背面燃烧

黑色的天鹅依然伫立在阿尔卑斯
她回想南方的海洋中三个半岛延伸
背后是北方的三支骑马的蛮族
如今她转头向三个大陆
黄昏中她想起自己的一生，记起帕米尔的梦
她在虚无中看到三个大陆的烈火熊熊
她在忧虑，当火在三个大陆燃烧，她应当在何处做梦
她将头转向天空，她看着遥远的大地轻轻合上眼

冷弧：世界由此拓扑

双头的巨鸟自高加索升起
冰色的帷幕在大陆的北方降下
从太平洋到大西洋雪花飞舞
在这广大的原野，在这静悄悄的针叶林
多年以后，双头的巨鸟回到家乡

一如她的到来，一场冰天雪地中的梦也醒来
这些年双头的巨鸟其实并未离开
她始终在冰雪中注视着这个大陆
一个头向西方，一个头向东方
她亲眼看着那个巨浪般的梦涌过
从西面的海滨低地升起
在亚欧大陆的北方滔天
于东面的古老土地落下
这巨浪如今早已悄无声息
在曾经的北方有一些潮湿的记忆，留下一道冷弧
那只是大雪锁闭的北方一场冰冷的梦

一场梦起自西方低地的两兄弟
那梦始终同双头的巨鸟有关

他们在贫困的人群中传播幸福
他们一直幻想在北冰洋中寻找一条海路
扶着曲折的大陆北岸
完成一次寒冷的旅行
仿佛从泥土之下穿过亚欧大陆
他们在一个冬天进入梦
梦中一只猛犸在北方奔跑
又从这里奔向东方和西方

这梦为从北方来的一个人看到
他乘坐一条温柔的河流漫游，那河流从高加索流向北冰洋
他在反复臆想这个梦
他在地中海乘坐一只冰色的鹰
穿越阿尔卑斯以沉思的姿态飞向北方
那里从东方来的另一只冰色的鹰等待已久
坐在上面的是他的兄弟
这两只鹰相遇而拥
站在地上的人们欢呼雀跃，他们手中攥着铁锤和镰刀
两只鹰在地上成为一体，人们愈加兴奋
他们商量建造一个旷世的城，按照那个冰冷的梦

这天晚上合为一体的双头巨鸟离去
我们不知道双头巨鸟就隐伏于最北的冰雪中静观这大陆
两兄弟起初伤悲，在人们的欢呼中双头巨鸟渐渐被人遗忘
他们热烈地同众人谋划那个梦
很快他们争吵起来

乘坐河流的人将他的兄弟赶走
他将单独同众人建造那个梦
清醒的人们从东方和西方赶来扰乱他们的梦
他们终于将敌人赶走，他们更加兴致勃勃
他们用宝石做一只星挂在头顶，头顶已经不再是双头的巨
　　鸟，是红宝石造的大星
他们要建造一个新的世界

在东方是年老的两兄弟
多年以前，一只冰色的鸟从帕米尔起飞
沿着河流以暴烈的姿态向北方飞去
这二兄弟同样跟双头的巨鸟有关
他们整日醉生梦死
终于他们一无所有
在西方二兄弟安睡时，他们在贫困潦倒中卧伏
他们进入一个寒冷的梦魇
西方在镜子中心，东方在镜子背面
只有北方是唯一适合长久冬眠的方向

乘坐河流的人很高兴，他站在乌拉尔山向南眺望
他在描述他的新世界
话音刚落，自高加索而来的雷电交加
他为寒气所袭，不久他就在北方静静的冬天离去
他不知冰雪中的双头巨鸟在注视着他
直到另外一个阴冷的世界

在河流深处的铁流中升起一个人
有人说他在家中谋杀自己的兄弟
当他离开深山,在这样的北方钢铁般地矗立于乌拉尔
他站在北风中,他的年龄是冬,他住在冬之宫
在宝石做的红色之星下
在寒夜的五日中他早已谋划好整个梦
手持镰刀和铁锤的人们日夜围绕着他

他们在冰天雪地中雕琢未来
在铁人野兽般的巨掌中有他们的未来
他们穿过冰雪看到五彩的梦,在铁人的下面
他们日夜劳作,新世界日渐清晰
所有的人从古老的村庄走出,他们围绕篝火歌舞
铁流中升起的人却神情冷漠
他担心有人在暗中破坏他的梦
他开始秘密杀死同他一般沉默寡言的人
都是一对一对的两兄弟的互相残杀,如同从前

过去的敌人重新从东方和西方来惊扰他们的梦
敌人已经抵达红星之下
争执的兄弟们重新聚集
在一个冬天他们将敌人赶到很远的地方
他们重新在他野兽般的手掌下建造如梦般的新世界
他们还要让这个梦向东方和西方蔓延

在西方和东方,从前清醒的人们看到北方的宫室华美

他们开始追随那些人雕刻自己的未来
围绕北方,大地上生长起一个个铁人一般的人
他们都谋杀自己的兄弟,带领人们沉入梦乡
静静的双头巨鸟在冰雪中向西东眺望
所有的人雕刻时光,兴高采烈

铁流中升起的人在最欢乐的时候倒下
他在升起时已经开始降落
双头巨鸟目送他离去
在铁人倒下的地方
所有的人惊讶地发现他屋中沉积的秘密骷髅
他们开始怀疑他们一生雕琢的世界不属于自己

东方和西方的人们同样开始怀疑
他们同北方的人争执
他们不知道双头巨鸟仍然在静静地看着他们
他们不知道这种命运早在乘坐河流的人放逐自己的兄弟时
　　已埋伏
这命运来自双头的巨鸟,分别从西方和东方赶来
这注定只是一个梦,在寒冷的北方

他们周围清醒的人第三次向他们进攻
这次他们从隧道中播撒自由的种子
这些种子在针叶林中茁壮成长,向西和东蔓延
那些在梦中的人们则争吵不休
都认为自己雕刻的梦是最完美的唯一

所有人的青春在争吵中流逝
他们乘坐的巨船在冰雪中航行
他们渐渐发现罗盘消失,在这茫茫的雪野中人心惶惶
他们怀疑自己正风一般驶向地狱
冰雪日夜消融,他们突然发现自己一直在做一个漫长的梦
在从太平洋到大西洋的驰骋中,他们忍不住在这迷人的针
　　叶林失神

冰雪消融,双头的巨鸟终于升起
那分别来自东方和西方的鸟
她仍然从亚细亚和欧罗巴间的高加索升起
冰色的雪幕从北方降下,雪原上的梦之剧收场
唯有一些零碎的梦的碎片仍然在飘荡
如今一切都需重新开始,生活永远在白天的太阳下
大陆北方落落寡合的人们开始寻找新的出海口

东方和西方的爱恨情仇:
九个龙子与九个缪斯的洞房(六十阙)

大 情

朝发轫乎亚细亚
夕余至乎欧罗巴
我的情人住在昆仑山中
我只能在远方怀想

从地狱出发
在天堂抵达
我的情人羁留在炼狱中
我只能在远方怀想

出生时我看见你
死去时我遥望你
我的情人在何方
我在人生的中年怀想

大耕(龙耕)

我们驾着巨龙在亚欧大陆地耕田

我们在播种瑶草的种子
日出在亚细亚，日落在欧罗巴

瑶草并未长出
我们看到黑色的龙长出
我们播种的是毒龙的牙齿

我们仍然要播种瑶草
我们并不知什么会长出
我们驾着龙在东方和西方往来
我们所处的正是饥饿的野兽遍布的凶年

马从两个方向同时赶来

马踏着太平洋从东方赶来
马踏着大西洋从西方赶来
马在亚欧大陆中部的青海湖边停驻
马总从两个方向同时赶来

马从夏天深处的依依柳中赶来
马从冬天深处的霏霏雪中赶来
马停驻在亚欧大陆中部的青唐城
马总从两个方向同时赶来

一匹马从东方驾着紫云而来
一匹马从西方驾着白云而来
马在我的面前停驻，马停驻在野马川

我的一生还有多少次这样马的夹击?

牧羊女仙

牧羊女坐在夕阳下的山坡
她的手中是鲜嫩的青草
山下七只黑色的山羊齐声向她鸣叫

我在远处看着牧羊女
牧羊女知道我在她的身后
牧羊女朝着山羊摇晃着鲜嫩的青草

我在牧羊女的身边徘徊
我在等待夜幕降临后抱着她进帐篷
七只黑色的山羊将永远见不到牧羊女
那鲜嫩的青草是牧羊女为我准备

沙漠王子(阳)

站在帕米尔之巅的王子
今天他就要翻过去
背后是大火中的撒马尔罕,他的家园化为灰烬
前面是静静的喀什噶尔,他的未婚妻住在那里
忧伤的沙漠王子站在帕米尔之巅

沙漠中行走的王子
他从沙漠中来,他往沙漠中去
今天他在帕米尔之巅独眠

他梦到在大火中穿行
沙漠上的太阳火热

沙漠王子在帕米尔之巅醒来
他看到一边是太阳，一边是月亮
他不知道自己从黑夜中来，还是到白日中去
他不知道前面是东方，还是后面是西方
迷路的沙漠王子，此时不在沙漠
今天他本要翻越，如今他不知该向何方

沙漠王子（阴）

沙漠中追逐荒凉的王子
我们在你的帐篷中相遇
现在是黄昏还是黎明

沙漠中跋涉的王子
驼队中只剩你一人
那边是北方还是南方

你这沙漠中的王子
脸上没有忧伤也没有欢乐
仿佛这无边的沙漠
这沙漠属于你
这沙漠你一生无法走出

骑士或武侠的破晓歌

天就要破晓
我们在屋顶分别
你是贵妇或红颜又有何分别
我就要去警恶惩奸

我们是在月和日之间
我将要跳上马背
你要在长长的夜晚独自度过

世界如此大,我如何去控制
其实我并不想离去
我们的日夜相守才最真实
我带着你的忧郁踏上破晓的征途

杜鹃血歌

我在深夜哀鸣
想起我过去和未来的遭遇
我的喉中啼出血来

我孤独地站在月下唯一的枯枝上
昨日和明日都不属于我
我只在今夜哀鸣

我们从何处来?往何处去?

我们为何在这很小的地方日夜争斗
这一切我都不再关心
我只要哀鸣,从黄昏到黎明,直到将血吐尽

夜莺血歌

我在深夜落入玫瑰园
落在你每日抚摸的玫瑰
我在冥想我的过去和未来

我在月亮之下哀鸣
谁能听到又有什么关系
我只想拥有今夜

夜已经很深
我将玫瑰的刺扎入心脏
我的血染红玫瑰
谁能看到又有什么关系

夜 果

红色的果悬在夜空
我就守在下面等着夜果成熟
我迫不及待地要将红色的果吞下

红色的果熟后我就摘下
我却不意间将夜也吞没
我自己因此病在深夜

红色的果在夜中熠熠生辉
我在迷离中看见黑色的女妖
我是在无意间将我也吞下

白衣女鬼

你走出门就是晴天
你走进门就是阴天
整个春天跟随在你的身后

你在黄昏跳上马背
你在黎明骑马返回
我们在深夜从两个方向相遇

我们在夜的深处密谈
不必理会昨天和明天
我们在黑水之上扇动双翅相拥

为什么天空没有星星,如我一样

紫衣女仙在黄昏独自饮酒
她双眼迷离,坐在山坡喃喃自语:
为什么天空没有星星,如我一样

紫衣女仙在山坡走来走去
从黄昏到黎明
紫衣女仙的眼泪落下,天空的雨落下
紫衣女仙对着天空喃喃自语

为什么天空没有星星,如我一样

紫衣女仙在天空起舞
她知道远处有一个人在默默看着她
紫色的纱衣在风中飞舞
她对着远方说
为什么天空没有星星,如我一样

紫 英

紫色的云从两个方向飘来
紫色的云中有我一生的秘密
紫色的云弥漫天空,我无从躲开

紫色的花朵落下
落在野马川上马的身边
紫色的花在马的唇边,马无从躲开

紫色的天空下,我欣喜无边
我们一起朝一个秘密的处所行走
这处所保存着我们一生的秘密

马踏飞燕

燕子从何而来,飞往何处
紫燕落在一朵紫色的花下
燕子成为紫色
紫燕落在青色海中间的浮萍上

那年紫燕降落
不见主人
燕子降落不见旧主人
身旁唯有一朵紫色的莲花

紫色的花朵在诉说
那年马踏浮萍而过
马踏飞燕而过
马再没有回来

黑蝴蝶

黑蝴蝶自天空轻轻降落
黑蝴蝶从自己内部伸出翅膀
黑蝴蝶以无数种形态在我的对面扇动翅膀

黑蝴蝶不只是在夜晚降临
黑蝴蝶的世界没有昼夜
黑蝴蝶会不期而至,不翼而飞
黑蝴蝶一直都在寻找变化

我不知道黑蝴蝶的过去和未来
我只知道黑蝴蝶的现在
黑蝴蝶同北斗七星相对
我只能用一生去探索黑蝴蝶的秘密

终日守候河边，等待三匹马的到来

终日在河边的帐篷中等待三匹马的到来
帐篷中光线暗淡，蜈蚣在爬行
许多人劝我搬走，我默不作声
我怕万一她回来，找不到家门
我怕万一我离开，那些马接踵而至

我终日卧在河边的帐篷
在无人的夜晚，我迎风流泪
在下雪的夜晚，我日夜思念
有时坐在山坡看着月光下的牧场
我想有些河流永远无法穿越，有些等待永远没有终点

晚秋时节，阴雨绵绵
我在草场上行走，前面的秋水汤汤
我等待的三匹马却迟迟不来
我担心总有一天我会永远倒下，想起自己疲惫不堪的一生

一匹马静伫在山岗

所有的风都向它吹
所有的忧伤在它的面前停止
马肚子下野花迎风摇摆
一匹马静伫在山岗，一动不动

一匹马静伫在山岗

它的眼眶湿润
它想起多年前那场罕见的大雪
一切都在那个夜晚结束
一切都深埋在齐膝的大雪深处

一匹马静伫在山岗，一动不动
年轻时它曾梦想，踏着青色海奔跑
拥抱蓝色的水到永夜
而这一切都在雪夜前戛然而止
那秘密是每年马肚子下迎风摇摆的野花

桃花谣

我在秋天思念春天，是因为桃花
我在远方思念故乡，是因为桃花
我在无桃花的地方思念桃花，是因为你

大风吹过，你是否闻到桃花香
河水流过，你是否看到桃花瓣
美人走过，你是否触到桃花面
故乡在远方，你是否想起桃花园

桃树都已老去，桃花也老吗？
桃子都已长成，桃花到何处？
父亲已老，谁来照看桃花林？
少年长大，谁在远方挂念桃花落？

九眼泉

我行走在大地上
大地的九个眼睛同时流泪
我倒在大地上拥抱大地
守在九眼泉边不再离开

我环绕大地行走
看着大地的病体
人们都在欢歌起舞
唯有我在九眼泉边痛哭流涕

我在夜里同大地密语
它告诉我大地的秘密
我将从大地的中心出发
分别在九个方向抵达大海

大风歌

大高地上的大风吹起
我们在风中奔跑
风从我们升起,在我们落下

大高地上大风吹过
我们看到草下的黑石
我们在风中默默无语
所有的风都经过我们吹向远方

大高地上的风不止息
我们在风中听风低语
这大高地的长风会从四个方向抵达大海

雨或天意：唯有你永远大公

雨缘雷电而下
我到雨中行走
所有的人都已离我而去
唯有你在我身边静静降落

我仰头看着大雨自宇宙落下
雨贴着我的身体而下
所有的人都趋利避害
唯有你，不论如何都在每个人身边

我伸手捧着雨水
所有的人都想害我
只有你不论如何都只是静静降落
我扑倒在大地将雨水拥抱
我的泪水和着雨水而下

春别赋

你骑着春风向东方去
我站在春风留在西部
我们在春天的两端相望

我站在旧年中目送
你会在新年中返回
我们在年的两端一起冥想世界

满天都飘着种子
我们一同伸手去抓
不必管冬天和夏天
在春天我们都会如意

泛火车站

火车从东面来,向西面去
火车留下你,带走别人
火车站是从天而降的巨鸟
所有的人都在她的双翼下幻想

这里人来人往,却从来没有人住下
火车站是一只空虚的鸟
她落在这里是宿命,再也离不开
每日看着来来往往的人

你在火车站穿过
没有人会记得你
这里有各种各样的人,就是没有你找的那个
你千万别停留,也不要理会他们,否则再别想离开

六一桥

孩子们从小都站在桥上
他们朝六个方向走去
那六条巷子中有他们幻想的一切
那巷子太深,他们再也走不出

那六翼的老巷充满笑声
我们只能在远处想象
千万不能进入,进入了就再也出不来

我们站在人生苦闷的中心
有六条路可以走
我们在苦心抉择路途
可是又有什么区别,每条巷子都走不出去

为什么挡住马的去路的总是雪

马总在冬天的深夜被阻留
在齐膝的大雪中,马蹄深陷
每次深陷,都有一个雪一般的女人出现

马的内部同寒夜相通
马肚子下的野花如此灿烂
夏天开放,冬天深入马腹

马踏着黑色的鹰在夜色中奔跑

马肚子擦着山岗而过
可是他这一生走不出的,总是雪
每个冬天,他都在一场隐秘的大雪中陷落

严冬老人和雪姑娘

严冬老人的孙女是雪姑娘
严冬老人把雪姑娘藏在俄罗斯
我打马横穿亚欧大陆
途中我遇到雪姑娘
雪姑娘看见我,跑向北方

我紧紧追随雪姑娘
雪姑娘消失在针叶林
严冬老人在空中回旋:
今冬不生火炉,雪姑娘就跟你

我住进山冈上的帐篷
雪姑娘的帐篷在前面的森林
我爱俄罗斯的严冬,因为我爱湖边的雪姑娘

深夜的寒风中我走出帐篷
雪姑娘的帐篷灯火通明
我寻找一扇进去的门
我听到雪姑娘在帐篷中低声说:
只要你推就有门
我伸手推门而入

蜂房歌

蜜蜂自火中升起
蜂房中藏着火
我的生活却并未因此甜如蜜

蜂房中种满幻想
那其实是温情
在旧主人的面前它就爆发

在一个人居住的夜晚
美丽的细腰蜂彻夜起舞
她一直舞到成为一缕青烟化去

回不去的故乡或途中

我淹留在一个陌生的地方
在一个陌生的河谷徘徊
故乡和大海都很遥远
我应当向哪个方向前行?

一个人行走太久就会忘记停留
故乡再也回不去
大海还那样遥远
我从来就在亚欧大陆地深处

快马从我眼前闪过,上面坐着时光

在人生的中部我才注意到那些马
人们都在各个方向朝大海匆忙行走
我已经在这大地深处淹留太久
我跳上快马朝那看不见的方向继续奔跑

冬日黄昏寒

所有的都已离去
我本看不见什么
端坐深冬黄昏寒风中的是我

我不忍看到背影总是背对窗口
我不忍看到夕阳总是远离黄昏
我两手空空端坐深冬

这一切早已安排好
我面无表情
我就这样静静端坐深冬

冬夜黑草长

冬天的夜里黑色的草疯长
草的根在你深处
人们却以为是我的胡须

黑色的草执着地生长
我们便在草中寻找到温暖
我们因此更加靠近

这黑草是天上垂下的龙须和地上升起的鬼火
黑色的草从黄昏到黎明
我们紧紧拥抱这些草不再放手

为什么没有开始就已经结束

一匹马伫立在山岗
还没有出发,就已经停止
没有什么理由
一切都已在冥想中完成

那匹马面对青色海
它的影子在水中飘动
风吹过,它的影子开始飞翔
一切都没有开始就已结束

旷野上马的表情多么忧伤
它一直在计划着一次秘密的旅行
可没有开始,就已经结束
小王子还未长大,就已夭亡
大风之中,那匹马泪流满面

昆仑绝——给昆和仑

昆和仑从我的身边狂奔而去
他们一个向东一个向西
我永远再见不到他们

水在我的脚下冒起
这是昆仑留给我的
天就在此时降下雨

我的昆和仑永远离我而去
从我的身体中钻出
在我的身边闪过
我在大雷雨中泣不成声

冬 毁

这煤球已烧残
我们无须小心翼翼取出
让它碎成一堆灰

这院子将拆掉
我们无须轻轻装饰墙壁
让它坍成一堆土

这尸体已经无灵魂居住
我们无须再为它治理皮肤病
让它腐烂成一阵风

断头台

北方突然坍塌
马群四散
它们都朝南方奔跑

我们将它的头放置在高加索
血的颜色变淡
分别向东方和西方扩散

巨大的棺材我们抬不动
送葬的队伍很长
歌队在两边起舞
我们将胜利的黑旗插在它头顶

大 葬

巨大的棺材停在帕米尔高原
送葬的歌队在舞蹈
我们无法前进
我们将棺材停在路上

东方和西方都是黑色的
天空没有星星
我们就倒在这里不再前进

血的颜色变淡又有谁关心
这里已经空空如也
谁胜谁败又有什么关系
我们将最后一块黑色的石头竖在棺材上

墟村赋

我回到墟村

又有几个老人被埋？
又有几座房子被拆？

我独坐冬日的独院
我是自己把门打开，自己将门关上
无一个人会来造访

鹿在我的院子吃草
鹤在我的头顶盘旋
我无表情地冥想着整个世界

秘而不宣的生活

风自远方来，夜色在风中降落
我总在夜晚思念未来，比一生还漫长
就像马总在风中遥望远方，比天涯还遥远

我从蝙蝠起飞的地方开始生活
那个地方远离人间，秘而不宣
就像夜晚一般无法预测

夜色多么安全，我们每日都在其中慢慢行走
夜色多么危险，我们这一生都别妄想着穿越

一生中我们的错误反复不断
难道都需要在暗夜中叹悔？
为什么深夜中总有人在一处隐秘的河湾慢慢行走

落在水面上轻轻的叹息来自谁

奇 迹

你一回头就是温暖
我一回头就见到你
我们只需要快乐生活

太阳一回头就是月亮
月亮一回头就是明天
明天我们会更好

夏天一回头就是冬天
冬天一回头就到春天
春天你想到什么就是什么

世界的三岔路口红地毯铺开

从太平洋到到大西洋多么遥远
黑色的海马在印度洋中飘荡
在这三岔路口世界隐藏在大水中
你们回头就看见红色的地毯在大海中铺展开来

从厦门到马赛多么遥远
黑色的船停在亚欧大陆地中部
在阴雨中辨不清方向
你们回头就看见红色的地毯在大地上铺展开来

从亚细亚到法兰西
你们在中午乘坐太阳在高加索上空相会
世界就在你们的身下铺展开红色的地毯

大人生

透过你泪蒙蒙的眼帘
我看见金黄的影像重现
你的身后就是永恒的门

路途都已经确定
我们只需要向前
没有人引导也没有人阻碍

大地的泉水涌上为海洋
我们的心清透如水
我们会静静走入那扇泪蒙蒙的门

爱人们都被关在大树上的笼中

我曾经的爱人都关在大树上的笼中
我在树下的冰上滑行
我们连说话都不能够

我在白色的世界滑行
我经常摔倒不起
我曾经的爱人都在大树上的笼中,如灯笼一样照亮自己

我在滚烫的巨冰上滚动
一路上都见树上的灯笼中我曾经的爱人
幻想的鸟群就在此时从冰面升起遮蔽天空
唯有此时我可以回到从前的梦中

空 酒

酒杯空了
我们不存在了
我们把自己一饮而尽

天地在旋转
这酒水都是影子
世界也是我们的影子

从生到死
我们从来没有出现过
我知道一切都如酒杯空空如也

如烟仙子

有仙子兮名如烟
弥漫山林，无处不在
飘散人间，时醒时睡
流连尘世，半醉半醒

我回来时她离去
我远游时她归来

我们何时能相会?

我们终会在两条河相交的地方相会
她摘牡丹放我心中
我取星辰放她梦中
任时光如清风飞逝
我们就在那里休养生息

幻海情天

我们在深巷中漫步
狐媚眼睛的女子朝我们招手
我们深深入迷不知归路

我们在深巷中入眠
过去现在未来
总有一双妖娆的眼睛在看着我们

我们从深巷中微笑而去
梦想着那双鬼魅的眼睛
身后的深巷子空空如也

骷髅美人

我站立在两山中间
大水从我身后涌来
绝色美人站在水中

我藏在月亮的背后
绝色美人开始起舞
奇异的音乐我从来没听过

我低头看着我的内心
我仰头看着银色星空
我转身看到骷髅美人在翩翩起舞

裙姬

白色的裙子从她的肩头披下
我缓缓地走上前
从她的裙摆绕过

在奶白色的纱裙中
我看不到你的双腿
我只是轻轻绕一圈离去

我从裙姬的背后离去
我闭着眼睛前进
我们相拥在花丛中翩翩起舞

夜曲

一个人在秋风中行走
一首神秘的歌就响起
我不知这歌从哪里来
只是在我的嘴里哼起

我穿过落叶纷飞的树林
这歌曲也在跟着我穿行
乐曲随风奔跑不曾间断

我在一个人的树林翩翩起舞
这乐曲也一直陪伴着我奔跑
不知我心在动还是星光闪耀
我在想什么地方一定有个人
在跟我一起哼着这一首歌曲

情人谷

我们在天下播撒情种
情人在天下茁壮成长
白天种下,夜晚收割
我们的身边总不会少情人

我们把情用红绸布包好
播种在世界各地
这世界太寥廓
从亚细亚到欧罗巴
每到一个地方都应当有一个情人出现

我们把情放在蓝宝瓶中
播撒在各种年龄
这岁月太寂寞
从青春年少到鹤发童颜

每天都应当跟一个情人在繁星下漫步

宴 席

所有的人坐在桌前
肉和酒都在旋转
人们抓过来肉和酒送入肚子

所有的肉都嵌入地下,不会有肉林长出
所有的酒都飞入天空,不会有酒鸟飞翔
所有的人中只有一人明白,也许他身边有一男一女两个人
　　明白

所有的肉都是白吃
所有的酒都是白喝
没有人会看到,只有你自己
连我们自己都会呕吐出酒肉

流 年

深夜漫步在星空下
追忆年少轻狂的我

午日在太阳下奔跑
体味少年赤子之心

所有的都已离去
出生时浑然不知

临死前泪流满面

我站在人生的中部
后面和前面都很模糊
昨天和明天都是流年

红 尘

于千万里外我们跋山涉水
没有早一步，没有晚一步
我们在千万人中相遇

我们在滚滚红尘中牵手前行
桃花在我们身后盛开
随风飘落我们手中又飞向远方

我们跋山涉水到千万里外
每天都有人相遇
我们只是擦肩而过

大 爱

正负粒子相遇
黑洞白洞相遇
雌雄树株相遇
牡牝动物相遇
男人女人相遇
这世界都在恋爱

九个龙子从东方出发
九个缪斯从西方出发
龙子带的十二地支在帕米尔上空
缪斯带的十二星座在高加索抵达
满天繁星都是地支和星座
欧罗巴和亚细亚相遇
这世界都在恋爱

我们将铀船停下
我们将战略关起
我们要让这世界和平千年
放飞所有的鸽子和乌鸦
在天空搭起一座洞房
欢乐的洞房排向世界尽头
让有情人终成眷属
令上一千年悲欢离合的人欣慰
令下一千年爱恨情仇的人喟叹

大 情

总想去你的童年
走你走过的小路
我们在路两边相遇
突然相拥痛哭流涕

我们从来没有说过话
我们只是在远处看着

多年以来一直无法忘记
我们在远方泪流满面

相遇时初相见
相别时永离别
我们看着满天繁星
一生中我们都在思念

两蹄美人羊

夜晚你们是美人，他们入眼
白天你们是白羊，充作军粮
他们带着你们去征战
出发时是十万，归来时已吃完

两蹄的美人羊被吊在火上
她的双脚踩踏战鼓
杀人的呼喊声在阵前阵后都是

两蹄的美人羊喉咙撕裂到哑
仇恨从两个方向深深植入人们的心底
我们从此用仇恨的心面对每个人

双飞世界

我们恶狠狠地从两个方向看着两个少女
太阳在左边，月亮在右边
我在此时走来走去

我们在两面看到两个抒情的彪形大汉

我们知道后就不知道
我们不知道才会知道
我们永远在太阳和月亮之间

所有的少女都会暴戾恣睢
所有的大汉都会甜言蜜语
他们都是你需要的
而你永远在二人间双飞

鬼 雪

银色的笑声散在山野
金色的容颜散在水面
雪就落下来了

我从雪中穿过
没有看到你的身影
我从雪中离开
忘记当初来的本意

我闭目端坐雪中
我于是看到你
你分散在白茫茫的大雪中

绵绵细雨

绵绵细雨中躺倒
睡在舟中马上？
忆及东方西方？
想起前世来生？
这些我都不管了

细雨绵绵中飘浮在空中
在大地上滑行
在云朵中穿过
左手抱着佳人
右手搂着美酒
没有任何忧愁

阴雨绵绵中迷醉在人世
不用看清五里之外
不用想象五年之后
不用管他生老病死
我且在濛濛细雨中徜徉

绝望歌

一切的酷刑已经用尽
一切的色情已经尝遍
这世界再没有什么值得留恋

你的生日不要跟我说
你的婚礼不要跟我说
你的葬礼我想要参加

我们看不见的物质控制我们
我们看不见的能量吸引我们
我们从生到死什么都不知道
我们只需要日出而作日落而息

阴阳燹

我从热闹的街市进去
又从冷清的道路出来
我走的是同一条路，路的尽头没有什么

我怀着巨大的幻想进入
又带着巨大的失落出来
我们进的就是那所小屋，一切都是冬天的幻觉

我坐在空旷的大地冥想
怎样才能从两个方向同时抵达
火就在此时环绕我燃起

帕米尔堡：九个龙子与九个缪斯的洞房

九个龙子从东方抵达帕米尔堡
他们坐着羲和的马车
孔夫子带他们来

他们的父亲龙王在东方

九个缪斯从西方抵达帕米尔堡
她们坐着福波斯的马车
柏拉图带她们来
她们的父亲宙斯在西方

帕米尔大帝为他们主婚
长长的歌队在广场上奏乐
他们从九条地毯走到一起
大龙子和大缪斯站在中间
其他八龙子和八缪斯在城的八个方向
他们在帕米尔堡饮交杯酒
亚欧大陆地一片欢欣

九个龙子和九个缪斯在黎明中醒来
大龙子和长缪斯住在帕米尔堡
其他八龙子和八缪斯将从这里出发
到八个方向去繁衍生息
龙子和缪斯的后代再从亚欧大陆地走向世界

亚欧大陆地中心行走之一：
囚禁歌（四首）

绝望青海

我隐在青海的深处，每日都在等待新的消息
四方的消息每日都如此
我还有什么不知？
这绝望的世界，绝望青海

我每天端坐那里准备远行
向东或向西，前面都在变化
前面真的在变化？
这绝望的世界，绝望青海

我只是那样端坐这里
既然这世界本来就如此绝望
我只能静静地端坐这里
等待一匹马带回新的消息

青海消息（马背上的风）

我们坐在大高地深处看不见大高地

我们坐在青海深处看不见青海
我们睡在马的腹中看不见马
我们看着消息在马上朝我们走来，我们看不见消息

我的行途从这里结束，我的行途从这里开始
我准备向东而去，我回头向西而去
去年我在这里，今年我在这里，明年我仍然在这里？

我坐在大高地深处的青海，静候四方的消息
远方日益荒凉，我日益空虚
我在这样一个地方：这里是唯一的存在，却根本一无所有

天气预报（天的消息）

我坐在青海深处向四方的人传达天的消息
四方的人都知道天的消息，我却不知
四方的人都走出家门，我却囚在墙中

我总随一个虚构的故事向人们传达天的消息
因此这消息也是虚构
人们抱怨我的消息不准确
我说这不是我的选择

天下的乌云在集聚
这是我虚无的人生中唯一的实在
我希望在东方和西方下一场同样的旷世之雨
雨后一个崭新的世界升起

编辑（从我到世界）

我在青海深处默默编排消息
这消息不来自我，这消息不到达我
我只是在消息中部
我只是站在那里，消息从我的身体穿过

日落而起，日出而息
人们都在生活，我在人们的背面
人们都在行走，我在人们的影中
这一切都如此空虚

我只是隐在暗处唯一能够看清这世界的人
消息不来自我，我在暗暗观瞻
消息不到达我，消息在我内部
我在青海深处的深夜窥视着这个世界
今天我在编排一群消息，明天我编排这个世界

亚欧大陆地中心行走之二：
大昆仑之心（六首）

昆仑，我的野马

昆仑，我的野马
青藏高原是我的左马蹬
新疆沙漠是我的右马蹬
我的马头朝向西方，我的马头朝向东方
随时酝酿着征服，随时酝酿着亚欧大陆的驰骋

我的左边挎着诗，右边挎着刀
面对北方的风和牛羊
在亚欧大陆驰骋
寻找我迷失的新娘

那个冬天我们相遇
那个冬天，我的新娘迷失
迷失在一条亚寒带的河流
那里是雾气深重的针叶林

我的咆哮，是西伯利亚的风

时间的流动就是那一生的等待
等待北方一处隐秘的温柔
我那迷失在亚寒带的新娘

从德令哈到世界

我站在德令哈冥想整个世界
我的左边是西藏，右边是新疆
我从这里遥望帕米尔

我站在德令哈向西遥望
所有的风在昆仑会聚
所有的风从这里吹向东方

我站在大风中的德令哈
一匹马从我的背后跃出
我跳上大马向这个世界驰去

巴音马

马从巴音河跳出
马在两岸沿巴音河奔跑
马在遥远的地方相对鸣叫

马跃入巴音河
一匹马向上游

一匹马向下游
他们都消失在巴音河

马一直在蓝色的巴音河中
马在水中伸出鼻孔
马在静静嗅着世界

在德令哈仰望星空

我坐在德令哈的山巅仰望星空
我是坐在巴音河的源头
我不知道巴音河流向何方

我坐在德令哈的山巅俯瞰巴音河水上的星图
我从两个方向观看这世界
一边在升起一边在降落

我跃入巴音河中
我睡在巴音河上
我经过德令哈
星图在我的头顶缓缓浮起

柴达木

我独自穿过瀚海
我的左边是戈壁，右边是戈壁
他们说左边是唐古拉，右边是阿尔金
我说左边是羌塘，右边是大漠

我面对的是昆仑
我面对的是撒马尔罕

我独自行走在柴达木
我的左边是小柴旦,右边是大柴旦
陪伴我行走的唯有太阳

我到昆仑的左手
我到昆仑的右手
午夜时分,一个魂灵一路向西

从柴达木到世界

我站在柴达木的心中遥望帕米尔
唐古拉和阿尔金从两面向昆仑会聚
砂石在大风中飞向西面

我是站在瀚海中冥想帕米尔
唐古拉之后是石头,阿尔金之后是沙子
我是要在这砂石做的巨翼下飞翔

我在砂石的旋风中升起
我沿着昆仑缓步行走直到黑色的昆仑(喀喇昆仑山)
我站在帕米尔之巅顾望整个世界

亚欧大陆地中心行走之三：
左西藏（八首）

西藏是一种慢

我们在八廓街慢慢行走
我不知何时来到
我不知何时离去

我们在八廓街转经
不知道马从太平洋到大西洋
不知道马从欧罗巴到亚细亚

我们在八廓街的小巷相遇无数次
我们仍然不认识彼此
我们只是在这里慢慢行走

从坛城到世界

坛城在天地间旋转
世界也慢慢旋转
这一切都缘自你的冥想

我们坐在坛城中间
穿过万物看到宇宙的边界
一切都从这里开始

我们围绕坛城旋转
坛城中有万物的种子
我们这样触摸世界

煨 桑

我将常青的松柏枝放入炉中
永恒的香气升入太空
我们在默默交谈

我将纸马撒入天空
马群在风中环绕我旋转
它们告诉我六道中的事

风马带我在天空巡游
鸟群在上,兽群在下,它们都在起舞
我们的世界欢乐祥和

拉萨太阳

太阳从两个方向照向我
太阳从我的头顶和内部照向我
太阳在我的皮肤上会合

太阳伴我在大高地上行走
太阳在我的心中来回旋转
太阳在拉萨会合

我因为太阳靠近拉萨
我因为太阳离开拉萨
我在布达拉宫静静注视太阳,从两个方向

白玛央吉

我们在八廓街的小巷相遇
我们从早上走到黄昏
我们约定在八廓街相会

我到八廓街等你
八廓街的小巷千千万
我再也没看到我的白玛央吉

每天我都在八廓街的小巷穿行
每天我都在八廓街的小巷迷路
我再也没有见到我的白玛央吉

卓 玛

你住在八廓街南
我住在八廓街北
我们在八廓街的小巷相遇
你说拉萨的巷子很小

我在拉萨的街头漫步
总是无法忘记八廊街的那条小巷

我终于从八廊街北走向八廊街南
我们在那个小巷相遇
你仍然记得我
你引导我穿过那个深深的小巷
我永远无法忘记的深深小巷

从八廊到世界

我围绕八廊街行走
我将我的秘密低声说出
这秘密从八个方向飞向世界

我在八廊街行走
我的秘密从天上降下
我的秘密从地下升起
我的秘密在八廊街旋转
我的秘密从这里传向世界

我从大昭寺门口开始行走
我的秘密慢慢散开
我走回大昭寺门口
我的秘密已到达整个世界

从喜马拉雅看世界

我全身乌色站在喜马拉雅之巅
我从这里看这个世界
这世界无处不如此雷同,包括北方

我闭目回想那多彩的世界
不忍再睁开眼睛
这世界无处不如此雷同,包括北方

我不知从哪个方向下山
这无处不雷同的世界
我只能选择在夜晚悄悄离去

亚欧大陆地中心行走之四:
右新疆(八首)

新疆是一种快

我在二道桥行走
我们还未见面
我们已经分别

我们从桥的两边相遇
我向东去,他向西去
他带走一些东西,我失去一些东西

所有的人都在桥的两头
他们未相遇已分别
东边的人带走一些东西,西边的人失去一些东西

伏羲和女娲

伏羲看着女娲
女娲看着伏羲
他们的下面在秘密相爱
这世界的万物在秘密相爱

伏羲手中持规
女娲手中持矩
他们在暗中规矩世界
这世界万物跟随他们旋转

日在伏羲身后
月在女娲身后
星星布满天空
他们在秘密旋转
这世界在秘密旋转

铁匠铺和裁缝店

铁匠铺在乌鲁木齐南街
裁缝店在乌鲁木齐北街
铁匠铺和裁缝店中间是石板路

铁匠每天打铁
裁缝每天缝衣
他们每天透过窗户就能看到对方

铁匠摆铁器到窗外
裁缝挂衣服到窗外
他们有时互相交换
终于他们商量打制一套精绝的铠甲运出乌鲁木齐

大伊犁

天山从中分开
大水从天山涌出
大水过处大草升起
大水过处羊群蕃息
大水过处人民聚集
光明的大水从太阳下流过

太阳在东方升起
人们踏天山而来
人们带来太平洋的信息
人们看到光明的大水
人们住下不再离开

太阳在西方升起
人们从阿姆河和锡尔河间来
人们带来大西洋的信息
人们看到光明的大水
人们住下不再离开

伊帕尔汗（香妃）

我每天在喀什噶尔的大街小巷行走
喀什噶尔的房子有许多
街巷中奇异的香味来自何处？
喀什噶尔的伊帕尔汗在哪里？

我在喀什噶尔轻轻行走
黑色的面纱后面可是伊帕尔汗？
门缝中窥视我的可是伊帕尔汗？

每天在喀什噶尔城行走
每天在喀什噶尔城迷路
我在这亚欧大陆中心的喀什噶尔无法自拔

从无花果到世界

花藏在黑色的纱巾背后
黑色的纱巾藏在门背后
门藏在喀什噶尔的街巷
喀什噶尔藏在大漠深处
大漠藏在亚欧大陆中心
亚欧大陆藏在整个世界的中心

花朵在内部秘密开放
爱情在喀什噶尔秘密发生
秘密从亚欧大陆的中心向外传播

无中生出大阴大阳
阴阳中生出万物
我今天在喀什噶尔的大街与世界狭路相逢

米尔班古丽

你从天山走来

绿洲在我的面前伸展开
我从你的视线轻轻走入你的心
我们是在白色的龟兹城

我们轻轻步入白色的龟兹城
绿洲如此丰美
库车水如此大
教我如何忍心再离开

我从喀什噶尔来,我到乌鲁木齐去
我只是经过这龟兹驿站
天亮我就离去
我知道我的心留在这里

大龟兹

太阳飞向西方
月亮飞向东方
龟兹在这里升起
你在大地上起舞

你站在骆驼上舞蹈
他将太阳托向东方
她将月亮托向西方
你的飘带来自天山

商队从敦煌来

商队从伊犁来
他们在这里为你的舞蹈着迷
教他们如何再从这里走出?

亚欧大陆地中心行走之五：
亚欧大陆地丝绸之路（八首）

从昆仑遥望东方

我坐在昆仑之巅遥望东方
龙的秘密从三个方向传向东方
每个方向都到达大海

我顺着昆仑的方向躺倒
左手是新疆，右手是西藏
前面是戈壁尽头的青海

我的头颅仰向西方
我终于枕到帕米尔
我将在这里梦到整个世界

在昆仑抚摸天空

我轻轻抚摸天空
将星座排列整齐
十二个星座向内通向人类
十二个地支向外通向宇宙

我们在二十四个方向窥探世界

这天空覆盖大地
每个人看到的都是同一个天空
每一颗星星都照向同一个大地

我仰倒在昆仑轻轻抚摸天空
同所有的人一起沉睡
我们将在同一个梦中相会

从帕米尔看世界

所有的山从帕米尔出发
向北伸向北冰洋
向南伸向印度洋
向东伸向太平洋
向西伸向大西洋

我坐在帕米尔之巅
火从帕米尔升起
我坐在火上看世界
整个世界被太阳照亮

我坐在亚欧大陆中心
海水包围的唯一的大陆
这大陆为火光照亮
这大陆即将全部印上我的足印

大敦煌

水在沙中升起
土在水中升起
花在土中升起
人在花中升起
光在人中升起
敦煌从这里开始
大敦煌,大世界

马从太平洋出发
马经过敦煌
马将水留下,马将光带走
马抵达大西洋
大敦煌,大世界

马从大西洋出发
马经过敦煌
马将水留下,马将光带走
马抵达太平洋
大敦煌,大世界

大阴阳歌

红色的血吸引我前进
我没有进入血
我转向亚欧大陆地中心

我们站在昆仑山口
向左到西藏
向右到新疆
我们在亚欧大陆中心行走

我们终于抵达帕米尔
我们不能在这里止步
我们要到昆仑山中寻找时间地轴

亚欧大陆别赋

我们站在亚欧大陆的中心
送别的筵席很长
离别何须伤感
我们都在亚欧大陆上

我将离开亚欧大陆的中心
你望着我离去
离别何须伤感
我们都在亚欧大陆上

我们中间相隔万里
你在长长思念我
离别何须伤感
我们都在亚欧大陆上

我不是来寻找西部,我是来跟西部道别

我从柴达木的戈壁出发
我去西藏寻找卓嘎
我去新疆寻找古丽
我不是去寻找她们
我是去同她们道别

我每次登上昆仑都会遥望东方
东方的父母亲已老
东方的江山已旧
每次我都听到东方在呼唤

我从青海出发,我的爱渗入戈壁
我到西藏,我的爱渗入石头
我到新疆,我的爱渗入沙子
我的爱从三个方向沉落
我不是来寻找西部,我是来跟西部道别

大亚欧大陆

我站在亚洲东隅向西望
我站在欧洲西隅向东望
亚欧大陆在我的心中升起
大亚欧大陆升起!

我站在亚欧大陆北隅

我站在亚欧大陆南隅
亚欧大陆在我的心中升起
大亚欧大陆升起！

我站在亚欧大陆地下
我站在亚欧大陆天空
亚欧大陆在帕米尔升起
大亚欧大陆升起！

亚欧大陆的左边是黑洞
亚欧大陆的右边是白洞
亚欧大陆在宇宙的中心
大亚欧大陆在宇宙中旋转
大亚欧大陆在我的心中旋转
大亚欧大陆升起！

龙兴之地龙在吟啸（二十曲）

大龙门对

我们在幼发拉底和底格里斯相对
我骑在汗血马上
你坐在希腊舟中

我们推开大门而出
你摘一朵牡丹插我的马上
我放一颗星星进你的梦中

我们结庐美索不达米亚
我们死后就葬在阿拉伯
醉生梦死我不知
国色天香你明白
千年前后我们不必管
只消在这里阅尽爱恨情仇悲欢离合

蓝贵妃的宫殿

黄衣人从前宫的后门出去
蓝贵妃从后宫的前门到来

我们在中间的宫殿幽会

蓝色的衣纱褪去升入天空
那是夜的颜色,也是月的颜色
你的头上蓝色的头饰耀眼
你背靠大地,我面朝天空,我们在天地间欢娱

我们躺在中间的大殿顶上
左边的日倏忽而过,右边的月倏忽而过
我们的双手间巨大的珍珠熠熠生辉

火龙驹

我站在离去或返回的路口
火龙驹是在挽留还是送别
我回头看见火龙驹化作一条巨龙

我一个人离去
火龙驹在尖叫
我回头看见火龙驹化作一团大火

我依然一个人离开
火龙驹嘶哑地尖叫
火龙驹渐渐没有声音
火龙驹在我的心中跟我一起离去

吹着花儿登月亮

大地容不下我们
我们何不上月亮
我们吹着花儿向月亮飞翔

我们乘着柔风在蓝色的夜空翱翔
太阳在左,月亮在右
我们携手唱着田园牧歌

我们住进月亮上的秘密花园
所有的动物和植物闪闪发光
花儿和少年在屋顶引吭高歌
我们在这田园牧歌中秘密结婚

梦与梦中间是现实

去年的孔雀和今年的金鱼中间是大地的塌陷
大地的塌陷就是我的隆起
在昆和仑之间我会站起

大地不会因为我的灾难而停止运动
我只是顺着大地的纹理前进
我不用抵达大海,我将从山巅看自己的大海

孔雀的舞蹈和金鱼的游行都是真实的
我相信大地之穴的塌陷也必是我的升起

我睁开眼就看到四方的大海

电子音乐

电子撞击的声音隐隐传来
我们到亚欧大陆中央起舞
后面的人越聚越多

我们随着电子起舞
电子向内成为我们心跳
电子向外成为星光闪耀

我们站在亚欧大陆地上
看着头顶白色银河起舞
我们身后的世界化为舞台的幕景

滑稽剧院

人们都在一本正经生活
善恶美丑忠奸贤愚贫贱富贵都很投入
他们不知天的眼在高处看着表演

人们在大地上奔波
从来不知从哪里来到哪里去
悄悄出生，默默死亡
他们都只是匆匆跑过龙套

人们坐在大地上

周围的世界日益缥渺
我们是站在一家滑稽剧院

昆仑奴

昆向西方飞去
仑向东方飞去
昆仑奴在我身边

昆仑奴从昆仑之心果洛来
昆仑奴环绕我行走
我站在大昆仑之心

昆仑奴从青藏高原之心来
那里陷下去,昆仑奴升起
昆仑奴失去的是什么?昆仑奴又会带来什么?
昆仑奴只是每天跟在我身边

星空漫步

我站在暴风雨的中心看着
美人静静走过
这个世界如此安谧

我仰头看着星空,一切的秘密都在宇宙
我低头摸着胸口,一切的神秘都在心间
我们终将在某天相遇

我在大地上慢慢行走
所有的事都不必去管
我们的世界从自己到民族到人类都会井井有条

踏着大火跳上魔鬼的舌尖

我在月夜听到魔鬼的啸叫
树林中黄叶纷纷落下
我将树林一把火点燃
踏着大火走进魔鬼的嘴中

我坐在魔鬼的舌尖跟魔鬼交谈
天上星星闪闪发光
我的心脏扑扑跳动

我在树林中走来走去
白雪上只有我的黑影
我是一个人在自言自语

大 网

大网从天而降
从东方和西方落下
什么都没有落下

收网的时候到了
我们的世界已经都在其中
从太平洋到大西洋

大网在我的眼前降下
我一直等待的来了
我们要开始收网

龙兴之地

我端坐在昆仑深处
走过三个地方
从三个方向朝东方窥视

我在大地上奔跑
四周都是大水
把江水都翻倒在大海中

我在一片平寂中见到锦绣的波涛
我平静地说：我已经在三个地方见过
现在我们融为一体

墓 酒

我们把一坛酒埋入墓地
去年在月下埋入
今年在日下挖出

我们在黄昏或黎明饮酒
看着墓碑上女人的名字
太阳升起或降落我们都不知

墓地中的酒坛是空的
埋入时不知
取出时发现
我们日思夜想的是一个空酒坛

骷髅灯笼

我们提着三个骷髅灯笼前行
穿过黑夜的河流
看到三株向日葵

我们骑着三条大龙在天空飞翔
腰间挂着人头灯笼
前面是太阳、银河、月亮

我们站在河流的中央进退维谷
波光粼粼的河面上是条银河
我们大步踏入河流
坐着河面上的星图顺流而下

鄙地：彼岸花开开彼岸，奈何桥前空奈何

我们去河流纵横的亚欧的陆地寻找大水
干涸的河床上漂满尸体
沙漠的鬼魅将我们团团包围

夜半时分狡诈的声音在天空回荡
我们在幽暗的沙尘中开始逃跑

戈壁的魑魅魍魉穷追不舍
沙尘中蟊螶蟊蠹四处横行
绝色鬼怪轻启朱唇露出黑色的牙齿：
彼岸花开开彼岸，奈何桥前空奈何！

我们站在戈壁上的这座空城
这里的人们心中鬼怪在飞翔
我绝不会痛恨这里，因为我怕将它记住

大 水

我顺着大水行走
我扶着可可西里和祁曼塔格
前面没有不在水下的

我是被大雨浇灌的
我无法看清前路
我的心因此更加明晰

我从大水中跃起
我是被大水淹埋
我是这样抵达大海

大帕米尔

大帕米尔通向八个方向
每个方向都有魔鬼把守
我们如何选择，如何选择

大帕米尔有八条大山脊

每一帕都有魔鬼隐藏

我们如何走出,如何走出

我们潜伏在大帕米尔

我们有八种诡计

我们就光明正大直直走出

巴比伦或巴格达的星空

我们在底格里斯河和幼发拉底河之间看着太阳

炸弹将女人的乳房炸飞

人们在沙漠的中心争斗,你将作为人弹走向人群

人们在东方的波斯、印度、中国残杀,泉州港的摩尼教草
　　堂无法救赎

人们在西方的犹太、埃及、希腊残杀,图卢兹的爱比尔教
　　堂无法救赎

太阳落下,月亮升起

他们在如大海般的黑血中穿行

人们在罗马,三个新的罗马:拜占庭、莫斯科、维也纳强奸,
　　西西里是黑色的

人们在长安,三个新的长安:北京城、南京城、京都城暴动,
　　黑三角是血色的

河流上的星图投射在什么地方?

谁来拯救这些河流之间的人们?

各民族的人从世界各地聚向巴别塔尖

我们在亚欧大陆地的中心相聚

从西方来的十二星座：白羊座、金牛座、双子座、巨蟹座、
狮子座、处女座、天秤座、天蝎座、射手座、摩羯座、
水瓶座、双鱼座

从东方来的十二地支：阉茂星、作噩星、涒滩星、协洽星、
敦牂星、大荒落、执徐星、单阏星、摄提格、赤奋若、
困敦星、大渊献

他们在星空中碰撞

我们在大地上欢呼

我们的头顶是太阳和月亮

我们的心中是善良和丑恶

我们从非洲到巴比伦

在巴比伦我们向西到犹太、埃及、希腊，向东到波斯、印度、
中国

我们在罗马和长安互相遥望

从东印度群岛和西印度群岛遥望

我们在寻找石头做的时间通道

我们从太平洋西海岸穿过亚欧大陆地，我们从大西洋东海
岸穿过亚欧大陆地

聚向亚欧大陆地的中心巴比伦或帕米尔的巴别塔

我们要沿着巴别塔上行到第十三层的巴别塔尖

欧罗巴人带着九个缪斯：音乐、史诗、历史、诗歌、悲剧、

圣歌、舞蹈、喜剧、天文
亚细亚人带着九个龙子：囚牛、睚眦、嘲风、蒲牢、狻猊、
　　赑屃、狴犴、负屃、螭吻

我们从亚欧大陆向四方出发
从通古斯向东经过太平洋上的巨人岛到美洲
从大西洲向西经过大西洋上的百慕大到美洲
我们在新大陆的玛雅会合
踏上金字通天塔
进入我们的时间通道

我们从两个方向抵达世界本质
从内心深处和黑洞世界
在宇宙的深处穿过一个个星系，建立我们的大宇宙国

隐藏在深处的王冠

他们骑着马朝我走来
马是朝着后面
马根本没有蹄
马背上住满猴子

我抓起一根长长的藤
藤蔓蹿起来成为蛇
冰凉的蛇没有牙齿
蛇把内心炽热的毒液藏在腹中

穿过纷纷攘攘的人世我看见大地
穿过莽莽苍苍的大地我看见你
穿过泪蒙蒙的双眼我看见一个王冠
我时刻想做的就是将王冠砸碎

亚欧大陆地秘城（二十种描述）

帕米尔正二十面体水晶宫

我卧在帕米尔正二十面体的宫殿
每个水晶墙上有一个赤足的女人
二十个女人无奈地束缚在闪闪发光的水晶墙上

我居住在正二十面体的水晶宫中心
水晶床榻上印有亚欧大帝国的徽记
大五角星中央是坚硬的三角形

我静静坐在水晶宫床榻上
在每个女人的脚上耐心地刺上徽记
二十个女人无奈地挂在水晶墙上
这就是亚欧大陆地中心的帕米尔正二十面体水晶宫

从鬼到世界

我在夜路上走
我向左看，我左肩的灯灭
我向右看，我右肩的灯灭

我看着前方的灯笼

我在山坡上走
我的左边是坟墓
我的右边是坟墓
我的头顶是月亮

我站在爷爷的坟头
我的左边是青龙
我的右边是白虎
我看着夜色中的未来

北入口：东西马

我们从东马离去
我们从西马回家
两匹马永不相会
两匹马在河两岸相思

东马向西
西马向东
两匹马隔河相望

东马向北远去
西马向南远去
他们对这个世界已经绝望
他们自绝于马的故乡

南入口:谍中谍

我从北方来到南方
你从南方来到北方
我们在荆门相对

我入你的圈套
你入我的圈套
我们都暗自高兴

我将孤身一人离去
你将孤身一人留下
我们在风中相别

亚欧大陆地雨

梦醒时总是雨潺潺
这是我们的岔路
在分别时天都落泪

我们都应当平静离去
我北去你南归
雨在我们中间落下

我们会在遥远的地方
多年以后依然怀念
那一场旷日持久的缠绵雨

亚欧大陆地的雪

今年只有一场雪
前面和后面都没有
我还没有观赏,雪已经在黑夜离去
只见地上湿漉漉的

你只是在夜晚想我一次
雪如白纱掠过
当我醒来你已远去
只有一阵冰凉的风

我只在梦中看到你的脚在雪中
我只是想匍匐在你的脚下
含住你的脚趾
永远不让你离去

亚欧大陆地秘密

我的秘密已被人囚禁
人类如此众多,他们都围绕我行走
他们将我的秘密监禁

火在我的头顶
火熄灭,只有一缕青烟升起
他们都注视着我,我已不再拥有秘密之火

我同人类都在铁笼中注视着外面
我们的秘密在铁笼中
这秘密的铁笼我该怎样去面对?

亚欧大帝国正二十面体雄狮王宫

亚欧大帝国正二十面体雄狮王宫的二十面水晶墙同时崩裂
我落在宇宙中的黑暗里
我不知自己落向何处

我静静躺在宇宙的黑暗中
我是在黑洞与白洞的中间
我已不再理会这些
我就这样漂浮

亚欧大帝国正二十面体雄狮王宫的主人现在已无影踪
他也不知道自己在哪里
他渐渐分散在宇宙中
前世和来世都没有踪影

亚欧大陆地前途

我在天空飞翔
我这是在升起还是降落
我的耳边如此静寂
我这是在向何方?

我的八个方向都无任何东西

我这是在何处?
前面是深渊还是乐园
我只能随大风而行

我对方向已疲倦
我只能躺倒在黑暗中
我闭上眼睛
漂浮在宇宙

虚假的亚欧大陆地

这铁笼的天地中都是假的
花是假的
风是假的
人是假的
我不再相信:任何东西!

这亚欧大陆地是我的幻觉
星星在上方忽闪忽闪
夜晚也是透明的
我不相信这一切

这世界就要坍塌
世界两方的黑洞和白洞在旋转
亚欧大陆地急速滑向毁灭
我们都坐在上面

世界正在驶入我的胸中

亚欧大陆正在进入我
亚欧大陆上的人密密麻麻
这世界正驶入我

我在揣测人的心思
每个人的心都朝着一个虚无的处所
我静静坐在那黑暗的虚无处
所有的人都进入我

人类正源源不断进入我
这世界正进入我
这世界在我的胸中会秩序井然

亚欧大陆地密语：鸟飞鱼

鱼在水中飞起
鸟从天上落水
鱼飞鸟，鸟飞鱼
鱼和鸟在水面相会

鱼在水中鸟在天上
只是我坐在水面上
经过我他们相会
我同风一起贴着水面飞翔

鸟和鱼在水面接吻
我的一半在水中一半在天空
因此我热爱这整个世界

亚欧大陆地之城

帕米尔堡的护城河碧绿
仕女从八个城门涌出踏青
雄狮王静静坐在帕米尔王宫
看着安谧的亚欧大陆地

人们都在广场上漫步
男人和女人,老人和孩子
雄狮王微笑起来
亚欧大陆的表情如此安详

雄狮王不再仇恨这世界
它准备赦免所有的囚犯
接回冷宫中的王妃
它要在月夜同自己所有的臣子宴饮

亚欧大陆地孤岛

亚欧大陆地的中心是一座孤岛
正二十面体雄狮王宫建在孤岛上
雄狮王宫的四面绿水环绕
我静坐在亚欧大陆地孤岛上的雄狮王宫

亚欧大陆地孤岛上没有东西南北
亚欧大陆地孤岛上没有春夏秋冬
亚欧大陆地孤岛上只有孤独

亚欧大陆地孤岛的四面都是机关
没有人可以走进
亚欧大陆地孤岛上只有我一个人

从谁到亚欧大陆地：将白天还给太阳，将夜晚还给星星

将夜晚还给星星，将白天还给太阳
让光明将我唤醒，让黑暗催我入眠
从今天开始，日出而作，日入而息

让龙跃于渊，让凤翔于天
让阴谋在暗处发生，让计划在白日实施
从今天开始，我们过炎黄的生活

让太阳在亚细亚升起，让夜晚在欧罗巴降落
让成吉思汗回到大都，让亚历山大回到雅典
从今天开始，所有的人在巴别塔下聚集

亚欧大陆地别赋：以舟为马或以马为舟

我以马为舟下江南
你抬头就在江心看到我
马背上驮着雪给你

你以舟为马上江北

我抬头就在江心看见你

舟楫中带梅花给我

是坐你的舟楫到江南还是骑我的马回江北？

梅就在此时落满江南

雪就在此时落满江北

亚欧大陆地废墟（阴）

大火已经熄灭

她们已停止舞蹈

所有的人都倒下

这里是亚欧大陆地废墟

这里从来没有繁盛过

火都只是幻觉

所有的都是影

所有的人在地上静静地等待死亡

这是从未有过的荒芜大地

唯有细长的风尖声吹过

所有的人都围绕在灰烬周围

他们在最后看着这大地

这荒芜的亚欧大陆地废墟

亚欧大陆地废墟（阳）

正二十面体雄狮王宫就要倾覆
雄狮王的腰就要断
雄狮王的姬妾都将死
亚欧大陆地将只剩瓦砾

云一直遮断天空
天上没有日和月
火堆也要熄灭
所有的人将双目失明

天要毁灭亚欧大陆地
这成列的植物和动物没有罪
这密密麻麻的人类有罪
人们都在绝望当中
我已经不再有希求
这亚欧大陆地将成废墟

亚欧大陆地大咒

你走不出亚欧大陆地！
从帕米尔站起
我在天空中飞行
我要冲出亚欧大陆地
我发现我在向亚欧大陆地深处飞去

这孤独的大地！我无法走出
这完美的大地！我无法走出

每当我要居留这亚欧大陆地，我却想离开
每当我要离开这亚欧大陆地，我却又回来

我只能慢慢行走在这亚欧大陆地上
永远憔悴地行走在亚欧大陆地
你走不出亚欧大陆地！

大亚欧大陆地

亚欧大陆地上二十四条宽广的大道通向帕米尔堡
帕米尔堡八条宽广的大道通向雄狮王宫
红色的地毯在雄狮王宫铺开
宽阔的路上只有我一个人行走

雄狮王宫有二十个大殿
最中央的大殿有二十个大柱支撑
雄狮王宫有八个大门
我从高大的正门走入

雄狮王宫的二十扇窗户都很大
雄狮王宫的卧室很大
雄狮王宫的床很大
我一个人住在这样正二十面体的大殿

从两个方向抵达亚欧大陆地（二十四歌）

大悲舞

你站在舞台的中央
他们都在推你走向悲伤
有的人在幕后伴乐
有的人站在你身后随哀乐一齐摇摆
站在舞台中央痛哭的只有你一个人

大舞台在亚欧大陆地中部
你站在帕米尔之巅痛哭
人们从四面八方赶来
亚细亚人在为你奏哀乐
欧罗巴人在随音乐摇摆
唯有你一个人站在那里痛不欲生

你是世界中一个最普通的人
所有的人仍不会放过你
他们为你歌舞
一齐助你悲伤
直到你绝望

直到你离开这个世界

他们就会一哄而散

去为下一个人哀歌

六味马

在黄色的大地上

六匹马风一般驶向远方

朝六个方向散开

带着如火般的鬃鬣

它们各自有自己的名字

同一个秋天,在六个方向抵达大陆的边缘望洋兴叹

如我一般一生奔波的六匹马在寻找什么?

如我一般孤寂的六匹马将在何方会合?

不知在何时它们中的一匹将会陷入一条河流永远不能奔跑?

我依然爱它们如深秋般的鬃鬣

仿佛帕米尔山上冉冉升起的火

载着六个谁在一个深夜抵达高地

在这里我可以做一个安详的梦

忧伤贝加尔

谁把那一匹马骑走

谁把忧伤留下

蓝色的贝加尔

留下这空荡荡的蓝色贝加尔

谁把马匹骑向更北
让一个人牵肠挂肚
让所有的人日夜思念

谁驯服北方白色的猛犸
为什么它默默离去
留下北风日夜嘶吼
寂寞贝加尔
这北方空荡荡的贝加尔

含混的门

红色的门很吸引人
黑色兽皮是门的装饰
我们都逡巡在门口

我们的外壳脱落
我们钻出自己
我们朝门中张望
门跑到我们背后

门是一个骗人的入口
我们因此不能对门忘怀
那门我们一生只能见一次
那门我们永远都不能真正进入

后退的门

我们在推开门
门到我们脚下
我们落入门的深渊

我们跨入门
门消失不见
我们站在空旷的原野

我们要休息
门在天空将我们吸走
空留下我们空荡荡的床

世界环境：但丁和曹谁的夜宴

我坐在日出之亚细亚
你坐在日落之欧罗巴
我们由我们童年就印在心中的女人引导
我们在暗夜从两个方向相会
我们的杯盏在帕米尔相碰

我乘坐龙从东方出发
你乘坐鹰从西方出发
我们在亚欧大陆中部相遇
我们的杯盏在天空相碰

我们坐在帕米尔之巅
在星光下谈论世界环境
你说我们在地狱和天堂间的炼狱
我说我们在亚细亚和欧罗巴间的巴别国
我们从黄昏饮到黎明
我们扶着童年就印在我们心中的女人回家

黑龙或死（阳）

黑龙双眼昏沉
天上的星光微弱
现在是深夜
光明很遥远，在前后都是

黑龙在大地上爬行
他再也无法飞上天空
黑龙慢慢停下
他在向地下沉
他身边的野花不再理他
野兽飞奔而去

黑龙躺在大地
黑龙渐渐失去知觉，就像大地本身
他再也不用担心明天或昨天
光明很遥远，在前后都是

黑龙或死（阴）

黑龙双眼昏沉
天上的星光微弱
这里是亚欧大陆深处
大海很遥远，四面都是

黑龙在亚欧大陆深处爬行
他再也无法回到大海
黑龙慢慢停下
他在向地下沉
他身边的野花不再理他
野兽飞奔而去

黑龙躺在亚欧大陆深处
黑龙渐渐失去知觉，就像青藏高原本身
他再也不用担心大海
大海很遥远，四面都是

独孤庭院其一 庭院上空百鸟鸣

百只鸟在孤绝的庭院上空飞翔
它们随太阳来，跟太阳去
它们叫我起床，让我安睡

这百只鸟在空中划出一百种星图
它们陪伴我漫步

我们一起描绘未来

百只鸟托着我睡在天空
大地在我们的胸怀
我们就是这样展示世界

独孤庭院其二 庭院中心马吃草

那匹黑色的马在庭院中心吃草
它不会怀念昨日也不会担心明天
它坐在牡丹丛中中面对天空

黑色的马向天空鸣叫
它发现我种的牡丹疯长
我们一起躺在牡丹丛中闲聊

黑色的马带我四处奔跑
我们都从未倦怠
我们就这样游走世界

独孤庭院其三 梦外佳人降麒麟

一只麒麟从我的身体钻出
它在天空中穿梭
早上在东方,傍晚在西方

麒麟的头在废墟的上空
人们只顾走路看不见它

它孤独地看着世界

麒麟一直在我的庭院未离开
它时常回到我的体内
我们一起看着这世界

独孤庭院其四 梦里单刀斩双蛟

两条龙在庭院中蜿蜒
我将两条龙的头斩落水中
龙的头化为两盏灯笼

龙的头将飞向四方
一只飞向欧罗巴
一只飞向亚细亚

我站在二龙的中间
我的头顶是太阳
我们一起照亮世界

双头的白天鹅

双头的白天鹅从两个方向赶来
双头的白天鹅在黎明和黄昏赶来

双头的白天鹅停在亚欧大陆中部我的头顶
它看着太阳从东方升起西方落下
它说左边是亚细亚,右边是欧罗巴

我们在两条河流之间繁衍生息

双头的白天鹅在黑色的夜空中围绕我飞舞
我闭上眼睛，双头的白天鹅钻入我的身体
双头的白天鹅始终从两个方向朝我飞翔

东马 西马

我的马匹向东
我的马匹向西
我在两个方向上朝你奔跑
我在两个方向上离你而去

东马西马，河流两岸温柔的马蹄印
来年生满野花
我从河上穿过，骑一匹马
看到河面上我惆怅的倒影

东马西马，谁在昨天从东向西
东马西马，谁在今天从西向东
东马西马，谁在河上顺流而下
东马西马，马肚子下是我永远的故乡

斯基泰：Saka 或塞种

大草原的深处正闹饥荒
风一般游走在大北方草原的人开始向南迁徙
男人在马上，女人在马车中

从蒙古利亚到匈牙利!

大草原的尽头是城市
这从来无法理解的地方
你们被人赶走,迷失在大雾弥漫的草原
从蒙古利亚到匈牙利!

大草原已为人所占
你们四处流离失所
渐渐连自己的名字都不知
大北方再没有你们的身影
波斯、印度、中国的史书上说 Saka
从蒙古利亚到匈牙利!

伊拉克或巴格达

人们从这里降生,走向世界
人们在这里争战
人们早已忘记巴比伦故乡

我经过巴格达大街
每个人都可能爆炸
人们在这两河之间惶惶不可终日

我们现在已经忘记美索不达米亚这故乡
我们将毁灭在伊拉克这我们降生的地方

村庄：大马或年都乎

大马站在金色的河谷
白色的鸽群和黑色的鸦群在盘旋
大马是这样在冥思

马的身下是马粪
马粪中野花开放
大马是这样在梦想

大马在一夜间胁生双翅
大马朝食于青海，暮饮于黄河
大马住在金色的河谷看着天空
满河金色的影像都因为大马

村庄：大刀或郭麻日

大刀悬在马背上奔跑
我们的世界太复杂
大刀就在此时升起，对着前方

大刀的刃熠熠生辉
鸽子和乌鸦将粪便不偏不倚拉在刀尖
大刀就这样被选中

大刀的刀背上是坛城
大刀睡在大刀的腰上

这样我们看见整个世界的影像

吾屯：年都乎和郭麻日：捉影人的故乡

我们屯驻在这里
生在马上，手持长刀
他们在这里沉思整个世界

我们坐在大河两岸
鸟群的影子投在河上
它们飞身去追逐金色的光芒

我们将影子都捕捉起来
金色的河谷上卷轴画展开
这些画像随着鸟群在天空中闪闪发光

从年都乎到苏合日：阿尼玛卿

我乘着风马从年都乎到苏合日
走不出的是阿尼玛卿
一只雪狮站在山巅

从昆仑到秦岭
穿不过的是阿尼玛卿
雪狮在向远方眺望

白鸽和乌鸦的起舞都为阿尼玛卿
阿尼玛卿乘着白云而起

从这里我们一起俯瞰世界

燃烧的小猫和滴水的蝙蝠

小猫在日落之处燃烧
健壮的小猫四处奔跑
它最终跳入大西洋中

滴水的蝙蝠在日出之处淋湿
柔软的蝙蝠钻入幽邃的洞窟
它最终飞上亚细亚大地

我坐在悬空于风中的孤院
一只会飞的母豹在中庭
这个冬天我只能在幻灭中度过

悬龙标

龙被绑在悬崖上
大地进入黑暗
野兽在四野走来走去,不知道目的

他被绑在大柱上
脸上毫无表情
人类在街上熙熙攘攘,不知道未来

我在大地上奔跑
前面和后面都没有人

这大地上永远只是八个人
他们朝八个方向奔跑

生命从反复中昭示本质在东方和西方——给西绪弗斯和吴刚

大地一直如此
山和树一直如此
你一直如此滚动石头或砍伐桂树

早上你出发
石头上山，桂树砍倒
傍晚他们又随你回去
明日早上你出发如昨日
今日傍晚他们如昨日恢复如初

地上如此，月上如此
日出的亚细亚如此，日落的欧罗巴如此
你当吹着口哨下山去或笑着捧出桂花酒
我们又知道什么？
我们只需享受夕阳或美酒

断我头：祭奠太平洋

巨龙从亚欧大陆地深处的帕米尔升起
昆仑从三个方向抵达大海
我的头将放在夏威夷
祭奠太平洋

大门开吧！
让巨气将大门吹开
在太平洋深处就是那个断头台
请将我的头放上去

我已不再有一丝留恋
这世界怎可能有遗憾
有谁能亏掉或多取
请不要再迟疑
我不想回头看昆仑背后的帕米尔
太平洋深处的夏威夷那里正缺我的头

模糊的影像

人类被捆绑起来
我赤身裸体
我的眼睛模糊
让我到何处去为你松绑

我在大地上摸索
经常躺倒在瘟疫的风中
这黑暗的天下人类在挣扎

我终于撞到你
在目光昏花中
我们一起绕着大地行走
去为人类松绑

银旻：宇宙大君如是说

时间总会回来
空间总会回来
物质在我
精神在我
你去向人类传达我的消息

黑洞：一切的物质在我消失
白洞：一切的物质在我生出
虫洞：我是宇宙大君的坐骑
宇宙大君：这一切都只是我的一个念头

一切迟早会回来
一切都不曾存在
你们去传达我的消息
从亚细亚和欧罗巴间的帕米尔出发

河山或江山（九歌）

星星海：星空下的长相守

星星从天而降
蓝水闪闪发光
海子散落在大地上
大江大河从中流出
我们背靠背从日落到日出
你骑着白马
我骑着黑马
两只大鸟在天空中双宿双飞
两头牦牛在草地上耳鬓厮磨
我们拥抱在一起
在长长的黑夜永不分离
星星就在我们中间闪闪发亮

星宿海：宇宙的倒影

天上的繁星落下
地上的海子闪耀
孔雀在夜空中飞去
玛曲在天地间奔流

我们在相对的山头上对话

下面就是斑斓的星宿海

大水将经过九九八十一曲到大海

黄河两岸我们的子孙繁衍生息

我们一起朝着夜光中的海子瞭望

湖面上现出宇宙的模板

我们瞬间明白人类的过去现在未来

黄河源：开天辟地

天地鸿蒙尚未分开

我坐在混沌钟抱阴守阳

亚当和夏娃相遇

伏羲和女娲相拥

格萨尔王和森姜珠牡欢会

混沌中出现一线天光

巨大的云在旋转

天地在一声巨响中分开

轻的上升为天

重的下沉为地

我们在云中交合

我们的子孙降生在地

一望无际的草原上

男人和女人背靠着背

马儿在不远处吃草

孩子从帐篷中跑来

他们看着山中浓密的云怀想祖先

黄河源第一村郭洋村夜曲

我们来到黄河源头第一村

村书记索南仁青为我们献上金色的哈达

我们围着火炉喝着青稞酒

他唱起康巴歌曲

我不知从哪里来

我不知到哪里去

我骑着白马走过

去时我的马跑第一

因为我的马好

回时我的马跑最后

因为我的胆大

我不知不觉已醉

外面全村的狗在吠叫

我出门看到满天星斗降落

昆仑：龙的巢穴

雷声响过，电光闪起

紫色的空中出现巨龙

大地向两个方向斥离

我们从远方抵达

雷电是龙的礼炮和烟花

大水从天而降

为大昆仑沐浴

山中的大水都注入青色的海

山外的大水从黄色的河流出
我在黑夜中看着白色的水从天而降
整夜都做着相同的梦
我和龙王的女儿进行一场旷世绝恋
天空是紫色的龙的眼睛
龙的两个儿子
羌人部族从南向东
吐火罗人从北向西
龙的女儿乘着大鸟离去
我在后面狂奔追赶
鸟的戾叫声将我唤醒
窗口上站着一只巨鹰
巨鹰扑棱着翅膀离去
大地和天空间一片明净
天空中的彩虹是我们的誓言

大昆仑故乡

我们来到大昆仑的怀抱
听到大昆仑的密语
天地就在此时旋转

我们站在大昆仑之巅眺望
长江和黄河就伸出手来
将我们所有人轻轻环抱

我们躺在大昆仑山中

日在西方,月在东方
大昆仑开始伸展
龙脉从三个方向张满中华大地

昆仑:江河故乡

我们从昆仑山上走下
看着头顶的华丽星图
扶着黄河和长江前行

我们在大昆仑沉思
日在西方未落,月在东方升起
大昆仑中日月同辉

我发现从来没有离开故乡
我们一直在大昆仑的怀抱
我们在水的故乡仰望星空
星图就投射在大江河之上

昆仑:高天厚土

我站在厚土之上看着高天
太阳在西方未落
月亮在东方已升
我是卧在大昆仑的怀抱

我在昆仑山口冥想
向着东方和西方

十万飞龙就在此时飞起
起伏的大昆仑伸向大海

我坐在昆仑泉中观看星图
昆仑泉中有我们世界的过去现在未来
我躺入昆仑河中慢慢飘荡

昆仑:日月同辉

我们在日出的时候进入昆仑
我们在月升的时候离开昆仑
我们站在昆仑山口看到:日月同辉

我们在月落的时候进入昆仑
我们在日落的时候离开昆仑
我们站在昆仑泉畔看到:日月同辉

我在大昆仑的怀抱冥想
我的思虑进入昆仑的心
地脉就在此时传遍东方和西方
我离开昆仑,心永远留下

江山的苍穹

紫色的小花铺成床垫
花朵都在向我微笑
蓝色的天空做成床帐
星星都在向我眨眼

骏马的嘶鸣声在风中传播
牦牛的倒嚼声就在不远处
一群牧民围着帐篷唱远古的歌声
我们仰卧在大地上望苍穹
看月升日落
听长江轰鸣
人间俗事我们都不管
今夜我只想躺在可可西里望苍穹

大都或罗马之歌（二十七曲）

大门从东方和西方中间打开

我们从黑暗中打开黑色的大门
从东方和西方中间
大光明射进来

我们进入大门
左边是亚细亚，右边是欧罗巴
白色的大鸟从我们头顶飞过

大帷幕落下来
从世界的四方
我们是该坐下来谈的时候

巴比伦：罗马和长安都陷落

蛮人从亚欧大陆深处来了
西哥特和东哥特来了
汪达尔和伦巴第来了
匈人最后将罗马攻陷
罗马人四散逃亡

蛮人从亚欧大陆深处来了
匈奴和鲜卑来了
羯人和羌人来了
氐人最后将长安攻陷
大汉人四散逃亡

我们居住在美索不达米亚
巴比伦并不安全
波斯人将我们覆盖
阿拉伯将我们同化
奥斯曼将我们淹没
泥版上的楔形文字已不认识
我们在巴格达怅望星空
无法回想起人类的故乡巴比伦

秘 星

我把自己埋在落叶中
青草从我的身下长起
扑棱棱飞过天空的是乌鸦还是喜鹊？

我在寒夜中来回走动
仰头看着莫测的天空
闪闪的星星在诉说什么？

我躺倒在大地闭上眼睛
树叶落在脸上

星星落在心中
我就在此时安静下来

夜：喜鹊或乌鸦穿过月亮

一个人在暗夜中笑
树叶就纷纷落下
落叶中藏着鸟群
大鸟在地下划一道弧线飞起
看不清是喜鹊还是乌鸦

一个人在夜中埋头静坐
马群就从你四散而去
许多人都离你而去
坐在落叶中的永远只有你一个人

一个人在大地上旋转
星空跟着旋转
我们不知东西南北
鸟群就在此时穿过月亮

梦：前世今生来世

我躺倒在今生的大地上做梦
梦中的影子是前世还是来生

为什么在我没有梦时灾难不断
为什么我一有梦就会事事如意

我隔着世界看前世和来生我的身影

我在大地上轻轻漫步
梦就在我的前面和后面
我们在那里悲欢离合
我们在那里爱恨情仇
这世界就会疏忽而过

大火和星辰

大火熊熊燃烧
我们一起跳过
他们都围绕我们起舞

星辰闪闪发光
我们一起仰望
所有人都在默默注视

我们在大火上起舞
我们在星辰下沉思
我们在大火和星辰间怀念遥远的童年

卢浮宫和圆明园

日出处的圆明园化为青烟
日落处的卢浮宫珍宝聚拢
太阳西升东落

我们站在圆明园的废墟上
我们再也无法打开圆明园的大门
我们再无法在圆明园做圆满的梦

我们站在巨鸟般的卢浮宫中
这些珍宝梦想飞回而不得
我们只能闭目幻想着飞翔

死亡城

去年的今日父亲死去,明年的今日儿子死去
今年的今日你死去
我们都住在死亡城中

植物都干枯了,动物都屠宰了
我们都会被陷害
我们住在死亡城中
裸体的男女走来走去
他们不会思考自己的幸福
他们忙着策划别人的厄运
我们永远无法走出死亡城

月亮落下去了,太阳永不升起
我们都会被谋害
我们就坐在死亡城中等着自己死去

亚细亚和欧罗巴间是空荡荡的顿河

双头巨鹰升起
亚细亚和欧罗巴裂开
斯基泰人说：顿河！
自由的斯基泰人在亚欧大陆草原带上漫游

他们不断被文明人驱赶
从亚欧大陆草原带的边缘越过一重重山脉
最后的自由人哥萨克一直退到顿河岛上的土坡
他们用石灰岩块筑起堡垒抵抗
直到武士的头顶长满艾蒿
文明人史书中只有一个词语：saka

文明人将小教堂插在顿河上
街道上飘满胜利的旗帜
孩子们通过小门从两面走到顿河边
我们乘坐顿河的波纹向前
头顶长满杂草的斯基泰骷髅在我们脚下低声说：
前面是黑色的大海！

大流语

我们在大河两岸讲话
我们说假话仿佛真话
我们为我们的话泪流满面
台下的观众七嘴八舌

我们站在世界舞台上
我们为假话落泪
泪水零落成河
底格里斯和幼发拉底
恒河和尼罗河、黄河和多瑙河
我们的大河朝两个方向流

我们在大河两岸讲话
我们向两个方向张望
我们说假话本来就是真话
我们是面对观众说话
他们想听什么就说什么

大蒙古情歌

我们骑着双头马站在蒙古大草原上
过人头的大草起来伏下我都看到你
我们一起骑马穿过蒙古

你平静地骑马离去再也没回来
我坐在大草中间随风摇摆
不知道去哪个方向找你

我骑马从四个方向找你
双头的马匹从两个方向奔走
我是无意间将草原从两个方向点燃

全息宇宙：从交欢到宇宙融合

男人和女人无限吸引
女人停在那里，男人不断深入
新的男人和女人出现

黑洞和星系无限吸引
饼状黑洞停在那里，柱状星系不断深入
新的星系便诞生

我们不知女人内心想什么
我们不知黑洞里面是什么
为什么交欢的乐趣无穷
为什么宇宙不断地靠近
在这有界无限的宇宙我们应当怎样度过一生？

帕米尔堡新娘

昨天我们没有相遇，我们不必管
明天我们不会相遇，我们不必管
今天我们在此相会，我们一起入洞房

我们坐在帕米尔堡的两翼相遇
我出将入相，你红袖添香
昨天和明天都不见，我们只在今天相守

我从帕米尔堡离开你根本不知

昨天和明天我们都不见,只在今天
你在昨天和明天都在跟人拜堂
我从帕米尔堡离开,我的心却永远留下

大鼓:两个世界的门

大鼓是悬在天空
两个小鬼在敲打
人们在两边欢呼

我们踩着大火起舞
我们在刀锋上蹦跳
我们是站在时间的两侧打门

大鼓轰然破裂
门内和门外的人相会
一半的人醒来
一半的人入梦

西伯利亚少女或蝴蝶

两个西伯利亚少女躺在北方
我不知道左边的是亚细亚人还是右边的是欧罗巴人
她们赤身裸体朝我微笑

两个西伯利亚少女都戴蓝色明月珰
我不知道先去左边还是先去右边
她们一起拉我到中间

两个西伯利亚少女是一只巨鸟的双翅
她们突然飞起带我上天空
左边看到太阳，右边就是月亮
我们的身边闪闪发光
我们一起飞翔到永远

高贵蓝

银色的铁窗后是蓝色眼神
我们总是将高贵的美人关起来
她的蓝色环佩从两边垂下

蓝长袍的美人行走在罗马或大都
蓝皮鞋的美人走在城中央
她站在墙垣之下看着蓝色的河流

我们将蓝色关起来
蓝因为高贵而被囚
蓝因为囚禁而高贵
全身蓝饰的她从城墙跳下粉碎
蓝就这样散布在星空

生死场

买不起房子不能生
买不起墓地不能死
我们应当怎样？

月亮的背面可是太阳?
白天的背面可是黑夜?
生的背面可是死?

我们找一个地方
我们不生也不死
这就是我们的生死场

祖国或亚欧大陆地祖国

每一刻都有人死去,每一刻都有人出生
人们在天空下无处安居
我在这大地走过,嚎啕大哭
我灾难深重的祖国!

每天太阳都落下,每天太阳都升起
人们在天空下无处安居
我在这大地走过,痛不欲生
我满目沧桑的祖国!

每年冬天都严寒,每年夏天都酷热
我们在天空下无处安居
我在这大地走过,泪流满面
我前途叵测的祖国!

大同或巴哈伊

我们从东方的波斯迎着亚细亚的阳光出生
我们沐着欧罗巴的月光埋葬在西方的犹太
我们这一生在美索不达米亚的监牢度过

生前你受尽一切苦难
死后你把幸福给人类
我们把你的道从九个方向传遍世界

我们审视着深邃的内心
我们遥望着头顶的星空
我们从九个方向抵达大同世界巴哈伊

空戏台

晨钟暮鼓中再不见优伶的身影
前台无人喝彩
后台无人化妆
我在空戏台上穿过

生旦净末不再徘徊于亭台楼阁
东西商旅不再行走于粟特会馆
达官贵人和军阀强人都已远去
我们空走在戏台上

前天帝王将相的事在昨天上演

今天才子佳人的事在明天上演
我们可是正在天地间的大戏台上表演？

黑海流

我从克里米亚半岛的汗国出发
经过恐怖的黑海流
前面的达达尼尔海峡两岸就是伊斯坦布尔

我从亚欧大陆中部的黑海穿过
前面就是黑色的非洲
两边的太平洋和大西洋也随着前进

我坐着飞船从黑海中飞起
左边是黑洞，右边是白洞
我们在黑色的宇宙中穿过

故国的早春或深秋

故国的深秋木叶萧萧
故国的人们行色匆匆
我们是在故国的早春

故国的早春落满灰尘
故国的人们都已灰心
我们是在故国的深秋

在黄昏和傍晚我都会怀想故国的故人

在大河边漫步我都会泪落如雨或泪落如雪
在分别或相逢的时候我分不清是故国的深秋还是早春

牧心

我的鸽子啊,乌鸦啊!请从我的心中飞出
扑棱棱将这世界遮蔽
他们说我不想看这世界,其实是我是要装饰这世界

我的鸽子啊,乌鸦啊!你们朝着两个方向飞
一群向东方,一群向西方
这不是分离,你们有一天要再次相会

我的鸽子啊,乌鸦啊!我的心永远是你们的家
从这里出发,在这里回家
这不是放逐,这是在遥远的地方相聚

帕米尔和平鸽

鸽子落在亚欧大陆中部你的脚下
这鸽子来自一万年前的巴比伦,会到一万年后的玛雅
经过帕米尔高原时我取名帕米尔
这一切在我的梦中出现过许多次

帕米尔落在我们脚下不再离去
帕米尔死在我们脚下永不离开
这是我们的前世还是来生的约定?

鸽子在我们脚下落定
帕米尔安详地走来走去
帕米尔是回到自己的故乡

蝶牧梦境或人牧世界

大红的蝴蝶引导我们到梦中
赤热的我们引导自己到现世
我们在两个世界奔波

每天夜里都有人在追杀我
每天白天我都想杀一个人
每天夜里我都抚摸着赤身裸体的你
每天白天我总遥望着蓝色盛装的她

我们在黎明或黄昏恍然看见
我们在闭目或睁眼时感到
我们的世界在两个方向延伸

日月同辉

太阳就在我们左手
月亮就在我们右手
它们在一起比什么都正常

我们住在古墓中
黄昏的时候起舞
黎明的时候唱歌

大地就这样复活了

我们坐在大地上
日和月倏忽而过
所以我们的话并不遥远

宇宙通信

我在本超星系团本星系群银河系遥望
你在本超星系团后发星系群后发星系
我们隔着室女星系群写信

我在本超星系团本星系群银河系写信
你在本超星系团本星系群仙女系写信
我们在遥远的星空通信
这信在光中要行走二百万年才能到我们手上
我们的家在二十亿年后成邻居

我在本超星系团本星系群银河系猎户旋臂地球上向
　　银河系英仙臂、天鹅臂、人马臂上的人写信
我们的四周都是暗物质
我们的中间是巨大的黑洞
我们在暗能量的推动下旋转
人们都在寻找时间通道
那样我一回头就看见宇宙深处的你

梅塔特隆立方体：
亚欧大陆地深处的永恒之宫和乌有之宫

大光从宇宙深处向我们照下
在底格里斯和幼发拉底之间
火种坐在带翅的雄狮上向西到犹太、埃及、希腊
火种坐在飞翔的毒龙上向东到波斯、印度、中国
火种向西隐藏在大西洋中，火种向东隐藏在太平洋中
火种在暗中向新的中心集聚

马尔杜克垂着雷电到两河间的通天塔上
他们的子孙向东到黄帝向西到宙斯
他们踏着火种越过大海
从东方出发的印第安人和从西方出发的欧罗巴人在阿兹特克相遇
他们开始互相残杀
火种的中心其实在双手向拥的阿兹特克

梅塔特隆的十二个后裔已经在十二个方向把火种点燃
东方的十二把火照耀天空：阉茂星、作噩星、涒滩星、协洽星、敦戕星、大荒落、执徐星、单阏星、摄提格、赤奋若、困敦星、大渊献

西方的十二把火照耀天空：白羊星、金牛星、双子星、巨蟹星、狮子星、处女星、天秤星、天蝎星、人马星、摩羯星、宝瓶星、双鱼星

大光在中心将十二个方向的星星照亮

永恒之宫和乌有之宫升起

我们的前生悲欢离合和来世爱恨情仇都在这里集聚

我们过去的辉煌和未来的光明都在这里集聚

我们是在光明和光明之间的亚欧大陆地怀想和等待

世界序曲：人类文明流变拓扑图

我们从天而降在非洲
半神半人的黄金时代很快过去
亚当和夏娃或者伏羲和女娲在这里繁衍生息
棕色的羌人首先走出
他们的足迹遍布亚欧大陆
再从亚欧大陆到世界各地
他们用石头的圆规和矩尺测量世界

新的人类走出非洲
他们聚集在美索不达米亚
在这里建通天的巴别塔
亚欧人的两兄弟从这里分别向东方和西方出发
他们去驱赶棕色的羌人
他们杀戮棕色的男人
跟棕色的女人交合
阿卡德人跟美索不达米亚的苏美尔人
黄帝部落跟中国的炎帝部落
雅利安人跟印度的达罗荼毗
喜克索斯跟埃及的科普特人
多利亚人跟希腊的佩拉斯基

他们用青铜长矛打败羌人部落的石器
亚欧人跟棕色人的后代像轴心一样辐射
中国的诸子百家、印度的佛陀时代、犹太的先知哲人、希腊的智者诡辩
人们在此时才回想起神
印度的佛陀教、波斯的拜火教、犹太的基督教传播
伊斯兰教是先知最新的启示

梦想从美索不达米亚开始
向东到波斯、印度、中国
向西到犹太、埃及、希腊
九条龙子在帕米尔高原眺望
九个缪斯在地中海中心瞭望
文明人跟黄金草原上的牧马人相对
塞种人从北方来了,匈奴人跟在后面
最后蒙古人将世界征服
从罗马到长安都进入黑暗

摩尼降生在亚欧人聚集的巴别塔下
人们重新想起光明和黑暗间的世界
摩尼的话传遍整个亚欧大陆
在东方深入道教成为明教会
朱元璋的起义成功不过明教会隐入天地会
在西方深入景教成为清洁派
阿比尔的起义失败所以清洁派隐入共济会
光明之子们在带领人类潜行

头顶的星光投入胸中
人们从西方通过茫茫的大西洋
人们从东方通过茫茫的太平洋
他们在玛雅再次相拥
在那里重建美丽的家园
雅利安人计划是失败了
大东亚共荣圈没有建成
这些梦想如孤帆飘过
我们终将乘坐宇宙飞船攀着铜柱登上天空

现代史诗存在的合法性：自由诗时代的抒情冥想"大诗"或"第三史诗"

（后　记）

　　史诗本是一个民族的集体精神的昭示，在今天史诗存在的情状早已不存在，我们面对的是一个世界而不是一个民族，我们面对的是科学而不是神性故事，我们面对的是无韵诗而不是格律诗，现代史诗面临前所未有的合法性危机。史诗本是最初的文学形式，在内部有一个描摹全民族发生的故事，在外部有自己民族语言的格律，在行动中有各种各样超出文学的功能，可以说是那时唯一的艺术形态。世界上几乎每个民族都有自己的史诗，美索不达米亚的《吉尔伽美什》是目前所发现的最早的史诗，写在十二块泥版上，讲述英雄吉尔伽美什的一生；印欧语系中著名的史诗有希腊史诗和印度史诗，欧洲后起的史诗有英格兰的《贝奥武夫》、法兰西的《罗兰之歌》、西班牙的《熙德之歌》等；阿尔泰语系中的《玛纳斯》《江格尔》和汉藏语系中的《格萨尔》这三部所谓"中国三大史诗"都是仍然在发展的史诗；汉民族却没有典型史诗（《诗经·大雅》中五篇《生民》《公刘》《绵》《皇矣》《大明》所谓周民族史诗并不是典型意义上的史诗），汉民族史诗似乎已经在远古时代散佚，后来则是以发达的史传的形式存在了。历代都有混有神秘主义的正史，从《史记》一直排列到第二十五史的《清史稿》，鲁迅说《史记》是"史家之绝唱，无韵之离骚"，并不是虚言，至于《诗经》真是有《史诗》的风格。

口语史诗或第一史诗（Primary Epic）以降，文学诸体都分化有史诗的部分功能，短诗分有抒情的功能，小说分有叙事的功能，戏曲分有行动的功能，实用文体中的哲学、历史、法律都在分，还分出一种书写神秘漫游故事的小型史诗（Epyllion），这样诗就缩小到抒情诗；文人则在模仿史诗，就是所谓文人史诗或第二史诗（Secondary Epic），像维吉尔的《埃涅阿斯》、但丁的《神曲》、弥尔顿的《失乐园》，乃至波斯的菲尔多西的《列王记》，一直到自由诗时代前夕。

我们现在就在一个自由诗时代，我们没有典型史诗时代的大型的象征系统，我们没有文人史诗时代的神秘主义宇宙模式，我们连最外部的韵律都不再有，诗歌都面临合法性危机，史诗则是危机中的危机。史诗在现代被进一步分化，经常只作为限定词在文学或艺术类型（genre）中出现，如史诗小说（Epic Story）、史诗戏剧（Epic Theater）、史诗电影（Epic Film）等等。然而神秘谱系遗传下来的人们仍然在写史诗，单从历代流传的史诗作品来看，作品是在不断增加而不是消失。我们现在进入无神性故事、无语言格律的"第三史诗"时代，一种以抒情诗的方式存在的冥想性"大诗"，东西方语种中都有人在写现代史诗，像庞德的《歌集》、艾略特的《荒原》、切尔斯顿的《白马之歌》，像海子的《太阳七部书》、杨炼的《诺日朗》、欧阳江河的《悬棺》；在新世纪。我跟专门研究诗歌的美国教授魏朴（Paul Manfredi）在北京的一次聚会上相遇，谈到西方诗歌的现状，他说跟中国一样分雅俗，长诗也同样是面临危机，不过他说仍然有人在写。我读到尚未公开出版的中国诗人亚伯拉罕·蝼冢的史诗《黑暗传（汉民族史诗之创世纪，或处在物质的黑暗中，一个炼金术士的一生）》三部之一，我看到吉瑞特·维斯特瑞特（Gerrit Verstraete）的史诗《克鲁里安·奥德赛：漫长的漂流者》（Cerulean Odyssey: the Long Distance Voyager）五卷之一在美国出版的消息。

那么在没有神秘也没有韵律的自由诗时代的今天，"第三史诗"或"大诗"会以怎样的状态存在？面对我们全球化的世界，我们应当合一天人、融合古今、合璧东西，来考量诗歌精神的流变。我觉得只能是内在冥想以构造世界形态、外在抒情以维系诗歌本质。今天我们没有神性的故事，失去巧妙的韵律，诗歌似乎是每况愈下，面临前所未有的合法性危机。不过正因如此诗歌似乎更回到诗歌本身，我们通过冥想重新构筑或昭示那个世界本质，我们通过抒情进入诗所独有的那种内在韵律，这就是今天的史诗的存在状态。今天我们面对的不是一个民族而是一个地球，我们的世界需要创造或者恢复一个"大史诗"，事实上本来人类就是一体的，后代的民族史诗都是那种"大史诗"的分化，所以用恢复更加贴切，这样我们才能将那种大宇宙精神具体而微地显现或昭示世人。诗歌不过是通过唯一的语言去传达那种唯一的精神，对于史诗我们就要用象或元素或"客观对应物"（Objective Correlative）构筑或昭示一个象征系统以沟通我们的精神和世界的本质。我们的精神和世界本质通过元素一一对应,那些元素所构成的就是跟我们内心世界和外在世界对应的元宇宙或宇宙模型及其过去现在未来演化过程。

我们人类的文明大体上都是绵延在亚欧大陆地的北温带的,亚欧大陆地就是人类曾经自由的家园,人类的史诗就是亚欧大陆地的史诗。一切迹象表明我们的文明不是多个地方起源的,而是从一个地方起源后传播到其他地方的(虽然这个地方的位置很有争议),人们从两条河间的美索不达米亚出发,向东到犹太、埃及、希腊,向西到波斯、印度、中国。希腊的主神宙斯、中国的主神黄帝像美索不达米亚的主神马杜克(Marduk)一样最初都是雷神,东西方文明融合的十三个现实象征是:伊斯坦布尔,大美索不达米亚或中东,耶路撒冷,印度,俄罗斯,高加索,撒马尔罕,帕米尔,喜马拉雅,敦煌,新疆,西藏,昆仑,我在游记《大昆仑行走:西藏新疆游历记》中有具体描述。这些中心都是可以具体而微的,大昆仑山似乎就是人类的奥林匹斯山。对于东方它是天下龙脉之祖,昆仑山从西面的帕米尔高原起源,西段和中段在西藏和新疆间绵延,到青海境内的东段分为三支,中间的阿尔戈山,北面的祁曼塔格山,南面的可可西里山;中间的阿尔戈山延伸到东面的布尔汗布达山、阿尼玛卿山,再向东经过岷山到岐山、秦岭,再到洛阳的伏牛山,再向东到泰山、崂山,再入黄海;北面的祁曼塔格向东延伸到阿尔金山,再从那里经过祁连山、阴山、太行山到燕山,再从那里一直到渤海;南面的可可西里向东延伸到巴颜喀拉,再从那里延伸到横断山、巫山、武夷山到南岭,从那里到东海。帕米尔向西方延伸有同样的地脉。

我们用元素构筑我们的亚欧大陆地，我引用我《大诗学·大诗学：合一天人 合璧中西 融合古今》中对象或元素或客观对应物的描述："我们共同的图腾是地上的狮和空中的鹰，东方有龙生九子各有所好，西方有九个缪斯（Muses）各有所司。我们的星空中十二个星座或地支在旋转，中心是最完美的梅塔特隆立方体。我们的雷神天人合一，龙在地上爬行，凤凰或斯芬克斯飞起来了。从长安到巴比伦到罗马，从日出之处的亚细亚到日落之处的欧罗巴，从太平洋西岸到大西洋东岸，从帕米尔到阿尔卑斯，东方和西方从高加索折叠起来。我们的伊甸园丢失，我们在洪水中得以生还，我们一起建造通天塔，我们讲共同的亚欧原语，最后为上天变乱语言流落各地。游牧民族在亚欧大陆腹地的大草原上驰骋，他们在分散在美索不达米亚、犹太、波斯、埃及、印度、希腊、中国的人群中传递信息，他们从羌人和雅利安人的阴阳交替中此起彼伏，从吐火罗人到塞种人或saka人到匈奴人或嚈哒人到突厥人到蒙古人，如波浪般进入各个文明。我们最终会聚集到一起，重建起通天的巴别塔。"

从种种蛛丝马迹，我日益感觉到我们人类的神秘谱系，那个被层层的历史迷雾所覆盖的人类种族的秘密，这可以当成是一种从文化中"全息"而来的象征系统，同时也可看作人类文明真实的演化。人类似乎来自天上，就是我们各民族所传说的"神"的时代，跟地上的土著动物杂交就成为人类，就是我们传说中的半神半人的阶段，这久远的过去的历史在今天都被当作"神话"来解读，我们为什么不想想那都是真实的，像过去那些被我们的祖先确信那么久一样？这就是神秘的"黄金时代"。人类真正的历史从石器时代开始，人在彻底成为人后开始了自我发现之旅，在那时最初是"羌人族系"广泛分布，美索不达米亚孤立语言的苏美尔人，中国的炎帝部落，印度的达罗荼毗人，埃及的科普特人，希腊的佩拉斯基人，这些当地土著曾经是相当繁盛，世界各地无法解释的巨大石像应当来自他们，他们创造了人类最初的石器文明。人类种族的另一次浪潮来自"雅利安人"，他们在各个文明区域跟当地土著融合，美索不达米亚的阿卡德人跟苏美尔人，中国的黄帝部落跟炎帝部落，印度的雅利安人跟达罗毗荼，埃及的喜克索斯跟科普特人，希腊的多利亚人跟佩拉斯基，当然他们的融合都是此强彼弱的不同程度的演进，这种融合在经历短暂的黑暗时期后进入人类的"轴心时代"，在希腊、犹太、印度、中国都产生一个哲人时代。民族的演化始终存在两种种族因素的竞争，就像我们世界普遍存在的"二元性"一样，这深深导源于物质和精神的二元性，以后都是二者在此起彼伏推动人类发展。羌人的祖先极有可能是在西藏的原始羌人，雅利安人的祖先极有可能是新疆的吐火罗人，所以西藏和新疆构成的巨大圆形更像大洪水时代诺亚方舟的地理象征。雅利安人的浪潮就是"青铜时代"，后来还有一次他们亲属的浪潮，在各种文明中包括希腊、波斯、印度、中国被称为类似的人种 Saka（汉字是塞种），此时文明的人已经称他们从前的亲属为"蛮人"。"铁器时代"的民族浪潮是我们最为熟悉的，这些人种都讲所谓阿尔泰语系的语言，讲蒙古语、突厥语、通古斯语的民族从亚欧的陆地草原带上不断向文明区域进攻，从匈奴人到蒙古人再到突厥人，由此我们可以设想前代没有记录的历次民族浪潮的情形，最为典型的一次就是蒙古人的浪潮，曾经几乎将各大文明区囊括，不过蒙古人的雇佣兵突厥人借此扩展，所以现在亚欧大陆的腹地广泛分布的是突厥人。在新航路开辟后希腊文明的后继者们开始走上现代化之路，这时我们发现从前的其他文明区域都为草原上来的阿尔泰语系人所统治，亚欧大陆文明带中央的诸种文明已经融合为阿拉伯世界此时为奥斯曼突厥人统治，印度是突厥人后裔建立的莫卧儿帝国，中国是通古斯民族建立的大清帝国，他们的统治直到从西方发展起来的强势文明从海上腐蚀掉。曾经有羌人族系的一支人类从东方迁徙到美洲成为印第安人，现在雅利安族系的人类从西方抵达，人类就这样在美洲相拥抱。这些种族的历史极容易为种族主义者利用，确实也都是我们今天故意要弱化的原因，其实那是他们不知道大的种族历史。在今天西方主导的全球化浪潮中，我们是时候梳理人类文明或族系的流变，我们会发现西方只是人类文明的一个支系，历史就是各个文明此起彼伏共同推动的。今天我们已经感觉到东方的崛起，所以现在我们可以设想建立一个"理想国"或"大同"的时代。从大的历史看今天的世界各国不过是希腊的"城邦时代"或者中国的"战国时代"的翻版，人类重新融合为一体的时代就在我们眼前。东西方文明（东西方从来都是相对的）需要在深层次上交融，上次我在鲁迅文学院办的青年作家英语班结业典礼上的发言就是《打开东西方文化交流之门》，在论文答辩时讲的是英文版的 Open the Door between East and West，当时我是用双语写的，主持答辩的英国老师泰瑞(Terry)还在他的教师代表发言中引用了我的发言，他同样相信东西文化需融合。上面只是一个人类文明流变的拓扑谱系图，人类文明就是这样演化的，都有具体的历史证据。这些象征系统或历史事实，表现为诗歌就是我所说的《亚欧的陆地史诗》，表现为小说就是我的《昆仑秘史》三部曲。

本书中收录的这些长诗或抒情诗系列（"大诗"或"第三史诗"）是我从2007年写作《大诗主义宣言》时开始陆续写作的。我的抒情诗大部分都是向着一个中心写的，就是我对于整个人类文明演变的领会，我这一生只是在写一首大诗：《亚欧大陆地大史诗》。这首诗在不断发展，这似乎也暗合史诗最初的存在形态，历代的传唱者在不断完善（在这种意义上《草叶集》可以看作一种新的典范）。我们的世界是一种大宇宙精神的外化而已，史诗就是通过语言去描述那个过程。这部诗的内在结构是人类历史的缩微，世界万物会给我们启示，我们借此让那种精神显现，诗中无一处不是有依据的，人像一个炼丹炉一样从世界搜集元素炼成宇宙模型将内在的精神和外在的存在昭示世人；这部诗的外在的形态是无形韵律的抒情，用抒情诗的形态去显现或昭示那种大宇宙精神才能将那种精神恰当传达，这也是诗歌精神所在；这就是今天的诗歌形态。

三首《大序曲》是世界演化的描述，《亚细亚序曲：帕米尔之梦》和《欧罗巴序曲：地中海之梦》则是亚细亚和欧罗巴融合地理和人种的演化过程，《冷弧：世界由此拓扑》是世界解体的过程，蓝本是苏联解体过程，那是我们最近的一次理想主义的解体，世界从亚欧大陆地的大北方开始散开。《黑洞和白洞之间的"测不准"宇宙：元素之歌》用世界中提取或呈现的元素构筑这个世界，每种都写阴阳二首，我们的宇宙结构就是黑洞和白洞间的转化。一切迹象表明我们的世界的完整形态应当是：我们肉体的物质的世界（白洞？）和灵魂的精神的世界（黑洞？），这两种世界是在不断转换消长的"测不准"状态，无孔不入地深入我们世界和灵魂的各个层面，我们醒着的世界跟那个梦中的世界是平行存在的，这就是我们永远不可调和的二元论或阴阳论的合理解释，精神和物质永远是无法互相包容的，冥想或直觉或做梦似乎就是沟通的途径。《亚欧大陆地形体》描述亚欧大陆地的拓扑结构。《东方和西方之恋：九个龙子与九个缪斯的洞房》，东方有龙生九子之说，西方有九个缪斯之典，通过具体的恋歌描述东西方融合，回到我们最初一体的亚欧大陆地故乡。《亚欧大陆地中心的行走》是我在环游亚欧大陆地的阴阳中心西藏和新疆途中写的，是人类的种族羌人族系和雅利安人的发祥地，这是我在理想和实践上对亚欧大陆地中心的双重触摸，此处节选一部分。此处序曲是当时为这辑诗歌《帕米尔之火》所写的自序《亚欧大陆大阴阳图：擎着大火从青海挑着西藏和新疆踏着昆仑到帕米尔》。有关这次游历，我写有二十万字的游记《大昆仑行走：西藏新疆游历记》，可以参照来读。《亚欧大陆地秘城》是在我游历结束后所经历的生死困境期间所写，是对亚欧大陆地的具体描述，那时我常出现幻觉，亚欧大陆地中心就在帕米尔高原的帕米尔堡的雄狮王宫。《龙兴之地龙在吟啸》是我对亚欧的陆地中心具体的描摹，我相信我们的际遇跟天的精神是一体的，我们的宇宙是全息的。《从两个方向抵达亚欧大陆地》是对东西方融合的理性描述，《东方和西方之恋：九个龙子与九个缪斯的洞房》则是感性描述。《大都或罗马之歌》是东西方文明相融的一个层面，他们分别曾经是东西方文明的中心。《梅塔特隆立方体：亚欧大陆地深处的永恒之宫和乌有之宫》，梅塔特隆就是曾经风靡亚欧大陆地的光明之神密特拉，在西方转化在基督教中就是天使长，在东方佛教中则以未来佛弥勒佛的形象出现；梅塔特隆立方体是一种最完美的几何图形，我们世界所存在的仅有的五种正面体居然都可以从中看到，周围的十二点正是亚欧大陆十二个中心，加上中间的正好是十三个，十二个也跟东方的地支和西方的星座对应，这无比奇妙的梅塔特隆立方体或密特拉立方体正可以作为我们这个"世界模型"的象征，因此汉语诗歌资料馆版的封面正是用这个图形。《世界序曲：人类文明流变拓扑图》是我们文明的流变过程，从人在非洲的降生开始，人类文明从巴比伦向西到犹太、埃及、希腊，向东到波斯、印度、中国拓扑开来。

  如我前面所言，"第三史诗"或"大诗"是一个不断完善的过程，这次只是节选，其他诸如《大昆仑秘史或通天塔密码》《亚欧大陆地大阴阳歌》《大亚欧大陆地之歌》由于篇幅关系都没有收录，在合适的时机会刊行一个完整版，况且更多的篇章还会在今后完成。《亚欧大陆地大史诗》就像一件巨大的雕塑一般，现在只是初见轮廓，在这部诗中我们的世界本质会显现得日益清晰，直到我死才会最终结束。